君が手にするはずだった黄金について

小川哲
Ogawa Satoshi

新潮社

目次

君が手にするはずだった黄金について

プロローグ

プロローグ

「あなたの人生を円グラフで表現してください」という質問で、それまで順調だった僕の手が止まってしまった。この質問は何を意味しているだろう、としばらく考えこんだ。

二〇一〇年、僕は大学院生だった。就職活動でもしてみるか、と思いたち、散らかった部屋の中央にラップトップを置いた。部屋が散らかっていたのは僕のせいではなく、ジョン・アーヴィングのせいだった。どれだけ入念に掃除をしても、ジョン・アーヴィングが勝手に逃げだし、ロバート・A・ハインラインの上に跨《また》がったり、夏目漱石と取っ組み合いの喧嘩をしたりした。足元に散らばった坂口安吾を机の上に置くと、反対側からウィトゲンシュタインが落下した。ウィトゲンシュタインを収納するためには、プラトンかアリストテレスのどちらかを追い出さなければいけなかった。

なるほど、僕は本に関わる仕事をするべきなのかもしれない。床に寝転がった文豪や哲学者たちの名前を眺めながら、どの出版社を受けてみようか考えてみた。僕は来年、この部屋に存在する本を出版しているどこかの会社に入社するのだ。毎朝、飯田橋やら神保町やらに出勤し、作家とやりとりをして、原稿を読んで、本を作る。

悪くはなさそうだったが、あまりイメージは湧かなかった。驚くべきことに、その瞬間まで、僕は自分の将来について具体的に考えてみたことがほとんどなかった。

多くの出版社の中から、とりあえず新潮社のエントリーシートを取り寄せてみた。それほど深い理由はなかった。僕は新潮社の本をたくさん持っていたし、その中には人生のベスト100に入るような本がたくさんあった。スタインベック、ディケンズ、モーム、サリンジャー、カポーティ。太宰治もあったし、村上春樹もあった。お金がなくてあまり頻繁には買えなかったが、クレスト・ブックスには外れがなかった。本の冊数だけなら講談社や角川書店も同じくらい持っていたが、漫画の部署に飛ばされる可能性が高いのではないかと勝手に推測した。幸運なことに、僕は新潮社の漫画本を一冊も持っていない。

机の上で抱き合っていたスタニスワフ・レムとフィリップ・K・ディックを僻地に追いやって、僕は新潮社のエントリーシートを広げた。名前を書いて、経歴と資格を書いた。所属する専攻の正式名称が心配になって、学生証を確認した。

そして、「あなたの人生を円グラフで表現してください」という質問に到達した。

まず僕は、円グラフを新潮社の本のタイトルで埋めようとした。『怒りの葡萄』、『ガープの世界』、『夫婦茶碗』。三冊分のタイトルを書いてから、「違う」と思った。僕の人生は名作小説によって構成されているわけではない。駄作もたくさん読んできたし、漫画もたくさん読んだ。そもそも読書よりも多くの時間を、僕は睡眠に費やしている。「酸素」「炭素」「水素」「窒素」「カルシウム」という回答も思いついた。しかしそれは「人生」ではなく、「人体」の円グラフだ。

もちろん、質問の意図はわかっているつもりだ。それほど深い意味のある問いかけではない。人生において重要だったもの——今の自分を構成していると思うものを適当に挙げればいいのだろう。たとえば僕は小学一年生から大学四年生までサッカーをしていた。趣味は読書とテレビゲームで、大学院生になってからは研究と塾講師のアルバイトを交互に繰り返す生活だった。学費を払ってくれた親には感謝していたし、休日は友人と会って酒を飲んだりする。僕が考える模範的な回答はこうだ。「サッカー」「読書」「テレビゲーム」「研究」「塾講師」「親」「友人」。

でも僕は、その円グラフを描くことができなかった。単に間違いだからだ。哲学者ギルバート・ライルの言葉を借りれば、「カテゴリー・ミステイク」にあたる。たとえば知人を大学に案内したときのことを考える。図書館や講義棟を回ったあとに、知人から「それで、大学はどこにあるの？」と聞かれたら、戸惑ってしまうだろう。この友人は「カテゴリー・ミステイク」を犯している。図書館や講義棟は建物というカテゴリーに属しており、大学はそれらの建物をまとめた集合を示しているからだ。「私は日本語と英語とフランス語と言語ができます」という自己紹介も、同じ間違いを犯している。

「あなたの人生を円グラフで表現してください」という質問における問題点は、カテゴリーが決められていないことにある。「人生」は幅の広い概念だ。時間という側面も持つし、経歴という側面も持つ。物理的な側面もあるし、概念的な側面もある。カテゴリーを揃えようとすると嘘っぽくなってしまうし、模範的な回答を書こうとすると「カテゴリー・ミステイク」を犯してしまう。「読書」と「友人」のどちらが人生において重要だっただろうか。そんな問いに答えはないし、二つを数字の割合にして合計することにも意味がない。そもそも問いが間違っているからだ——白紙のエントリーシートを広げたまま、僕は美梨《みり》に向かってそんな話をした。

「『あーめんどくさ』って思ったでしょ？」

そう聞くと、ソファに座っていた美梨が「よくわかったね」とうなずいた。「正直言って、めんどくさ、って思った」

「こんなことを気にしても意味がないってことくらい、よくわかってるよ。屁理屈は押し殺して、相手が求める答えを書けばいいんだろう。でも、1＋1＝3と書くと気分が悪いんだ」

「じゃあ、正直に書けばいいんじゃない？」

「正直に？」と僕は聞く。

「『この設問は前提となる条件が足りていません。カテゴリーなんちゃらという哲学的重罪を犯している可能性があり、大学で哲学を勉強していた私はその犯罪に加担したくありません』っていう文章を円グラフの内部に書くの。案外、人事は気に入るかもしれない」

「そんな人間、僕だったら絶対に採用したくないな。そいつが入社したら、日常業務に支障をきたしそうだし。『このハンコに意味があるんですか』とか言いそうじゃん」

「言わないの？」

「僕は言わないよ。経済活動のかなりの部分が、形式的で無意味な行為に支えられていることくらいよくわかってる」

「妙に物分かりのいいところが、余計にめんどくさいね」と言って、美梨はテレビをつけた。

「悪かったね」

「でもまあ、エントリーシートを取り寄せたことは、人間として大きな進歩なんじゃないかな」

「進歩？」と僕は聞く。

「そう、進歩」と美梨がうなずく。

すべての局所的な進歩は、大局的な退化である——別に誰かの箴言《しんげん》ではない。僕が今考えた言葉だ。といっても、起源を主張するつもりもない。おそらく僕でない誰かも、同じようなことを言っているに違いない。

僕たちは日々、局所的に進歩する。自分にとって気にならないことが他人にとって重要であることを知り、理屈として納得のいかない手続きが社会を動かすために必要であると知る。すべての政治家が世界を良くするために生きているわけでないことを知り、清廉潔白そうなアイドルがカメラのない場所で私利私欲に走っていることを知る。カッコいいヒーローを生みだした漫画家はカッコいいヒーローではないと知り、慈善事業が税金対策として行われていることもあると知る。生きることとは、そういった不純さを受け入れ、その一部となり、他の大人たちと一緒に世界を汚すことだと知る。それでもなお、自分に何ができるかを探すしかないし、かといって何もできない人を責め立てても仕方がないと知る。

そういった知識を蓄えていくことは、たしかに局所的な進歩ではある。でも、結局のところ人間という不完全な存在が、社会という不完全なシステムを動かすために生みだされた必要悪や建前であり、必要ではあるけれども結局悪は悪で、嘘は嘘だ。僕たちは局所的な進歩の過程で悪としての嘘を内面化していく。それが大人になるということの一部なのは間違いないが、同時に人間としての退化でもある。僕は成長し、進歩して、これまで理解できなかったことが理解できるようになった。許せなかったことが許せるようになった。エントリーシートを取り寄せることができるようになった。その代わりに、いくつもの怒りや悲しみや喜びを失ってしまった。

僕にとって就職活動とは、人生を受け入れることを意味していた。社会という犯罪に加担することを意味していた。しかし、それでもやはり、僕たちは大人にならなければならない。

哲学者のバートランド・ラッセルは、あらゆる固有名が短縮された確定記述であると考えた。簡単に言えば、「名前とはさまざまな記述を束ねたものである」という主張だ。たとえば「アリストテレス」という固有名は「プラトンの弟子」「アレクサンダー大王の家庭教師」「人間の本性は知を愛することにある、と考えた人物」のような、いくつもの記述の束として存在している。

そういった記述を無数に積み重ねることで、「アリストテレス」という人物を「アリストテレス」という言葉を使わずに特定することができる。

就職活動において僕は、自分の固有名をいくつもの記述に分解していく行為を強いられている。僕という人間と同義になるまで、僕の特徴を列挙していく。そうして生まれた大量の記述のうち、どれが「企業が求める人材」という要素と重なるかを検討する。

僕の人生は再構成を余儀なくされる。これまで並列していた記述に強弱が生まれ、「企業が求める人材」にそぐわない記述が、僕という人間から削ぎ落とされていく。

「『あーめんどくさ』って思ったでしょ？」

ソファでぼんやりとバラエティ番組を見ていた美梨に向かってそんな話をした。エントリーシートはもちろん白紙のままだった。

「いや、その通りだと思ったけど」

「え？」と僕は思わず聞き返す。

「いや、ちゃんと話を聞いてたわけじゃないからわかんないけど」と言って、美梨はテレビを消した。「『社会が悪と嘘だらけ』っていうのもそうだし、就職活動がその適性試験であることもそうだし。自分の特徴を会社に合わせて都合よく組み合わせるっていうのも、その通りじゃない？」

「意外な反応だね。テレビはいいの？」

「ああ、うん。別にそんなに面白くなかったし。少なくとも哲学の話の方が面白かった」

それから僕は、美梨に向かって分析哲学の話をした。ラッセルの話をして、クワインの話をして、クリプキの話をした。

「ラッセルさんによれば、私という人間が、『千葉県船橋市出身の女性』『中川敏也《なかがわとしや》と中川加奈子《かなこ》の間に生まれた』『一九八六年五月二十一日に生まれた』『伊藤忠に勤めている』『さまぁ〜ずとアンタッチャブルが好き』みたいに分解できるってこと？」

「そう。分解できるし、分解してできた記述を足し合わせたものと、中川美梨という固有名はイコールで結ばれると主張したわけ。でも、クリプキはそれが間違っていると考えた。たとえば、新たな歴史的史料が発掘されて、アリストテレスがアレクサンダー大王の家庭教師ではなかったことが判明したとする。ラッセルの記述理論が正しいとすると、少々困ったことになる。もし固有名が確定記述であれば、その確定記述に間違いがあったとき、アリストテレスという固有名自体が矛盾してしまうことになるからね。でもそれは直観に反する。仮にアレクサンダー大王の家庭教師でなかったとしても、アリストテレスはアリストテレスだ」

「なんとなくわかるような」

「クリプキはラッセルと違い、現実とは無数の可能世界のうちの一つにすぎないと考えた。ある可能世界では、アリストテレスはアレクサンダー大王を教えていなかったかもしれないし、美梨は伊藤忠に勤めていなかったかもしれない。人々はそういうシチュエーションを想像することができる」

「もし私が伊藤忠に勤めていなかったとしても、私という存在に矛盾が生じるわけではない」

「その通り。クリプキは、固有名には確定記述を超えた何かが存在すると考えた」

「何？」

「長くなるけど、時間は大丈夫なの？」と僕は時計を指さした。午前零時過ぎだった。

「ああ、明日も仕事だった」と言って、美梨は立ちあがった。「じゃあ、今度の楽しみにしておく」

「うん」

僕は彼女を代田橋駅まで送った。駅まで走らなかったせいで終電を逃してしまって、甲州街道でタクシーを捕まえ、彼女を乗せた。タクシーを見送ってから、近くの自販機で缶コーヒーを買い、すっかり寒くなった帰り道を一人で歩いた。

終電が行ってしまって開きっぱなしになった踏切を渡りながら、美梨の「今度の楽しみにしておく」という言葉を思い出した。僕は「今度の楽しみにしておく」が苦手だった。興味のある事柄を知ると、すぐに飽きるまで調べ尽くした。わからないことがあれば、わかったつもりになるまで他の話は一切頭に入らなかった。なんとなく読みはじめた漫画を夜通しで読み耽《ふけ》り、続きが気になって深夜も開いている書店まで行った。僕と美梨の一番の違いは、「今度の楽しみにしておく」ことができるかできないか、にあるのかもしれない。だから僕は、老後の生活を楽しみにしながら会社勤めをする、とか、週末を楽しみにして平日を過ごす、という考えがしっくりこない。今、この瞬間、僕は何かを我慢したくない。

美梨とは付き合って三年くらいになる。決して一目惚れではなかった。百目惚れですらなかった。そもそも彼女は僕の好みの見た目ではなかったし、同様に、僕も彼女の好みの見た目ではなかったはずだ。

最初に彼女の名前を知ったのは十三年前だった。当時の僕は小学五年生で、近所の小さな学習塾に通っていた。その学習塾は僕の家の近くと西船橋の二箇所にあって、僕は二つの校舎を合わせた定期テストでいつも一位を取っていた。五年生の途中で西船橋の教室に中川美梨が入ってきて、僕は初めて一位を逃した。悔しかった、というわけではない。当時の僕は、テストに一位以外の順位が存在することに対して純粋に驚いていた。それからはずっと彼女が一位で、僕が二位だった。次第に、僕はテストとは二位を取るものだと考えるようになった。

いろんな事情があって、僕は中学受験をしなかった。美梨も同じだった。どんな事情があったのか、あるいは別に事情があったわけでもないのか、一度も聞いたことはなかったけれど、とにかく彼女も中学受験をしなかった。そうして僕たちは高校生になり、同じ高校に進学した。

僕たちは教室でお互いの存在を認識すると、かつての塾の話で盛りあがり、すぐに仲良くなった――というようなことは起こらなかった。高校時代は一度も同じクラスになったことはなかったし、ほとんど喋《しゃべ》ったこともなかった。高校二年生のときに、一度だけ文化祭の委員会で事務的な話をする機会があり、その流れで塾の話をした。「いつも一位だったよね？」と僕が聞くと、彼女は「そうだっけ？」と答えた。それだけだった。

僕はマクドナルドでアルバイトを始め、そこで知り合った他校の女の子と付き合ったけれど、高校三年生の八月に受験を理由にフラれた。逆に、美梨は部活を引退した野球部の四番と八月から付き合いはじめた。よく、予備校で二人を見た。坊主から解放された短い髪をワックスで固めた四番と、いつもと違ってやけに静かな中川美梨。二人はいつも自習室の隣同士に座り、バンプ・オブ・チキンのアルバムが入ったMDを片耳ずつ分け合いながら勉強していた。昼休みになると手を繋いで出ていって、手を繋いで自習室に戻ってきた。僕は最初から最後まで、机にかじりついて一人で勉強していた。そうして僕は東大に合格し、彼女は東大に落ちて早稲田に進学した（ちなみに、野球部の四番は浪人した）。

僕と美梨の関係は、知人以上、友人未満といったところだろうか。ミクシィという当時流行《はや》っていたSNSで、ぎりぎりマイミクの仲だった。彼女はときどき日記を書いていた。どこどこに旅行したとか、誰々と久しぶりに食事したとか、サークルの飲み会があったとか、そういうありふれた内容だった。僕は日記を書かず、読んだ本のリストを更新し続けていた。本の感想を書くこともなかった。ただひたすら、自分が読んだ本のリストを作っていた。

大学一年生のある日、美梨からダイレクトメッセージが届いた。彼女は「読書を趣味にしたいから、面白い本を貸してほしい」と言ってきた。僕が「どんなジャンルが読みたいの？」と聞くと、彼女は「読書家から一番趣味がいいと思われるジャンル」と答えた。

僕はしばらく考えた。「好きなサッカー選手は誰か？」と聞かれて「ロナウジーニョ」と答えると、たしかにミーハーだと思われるかもしれない。ロナウジーニョは素晴らしい選手だが、あまりにも有名すぎる。そこで「パベル・ネドベド」と答えたら、趣味が良さそうな気がする。

僕は正解に確信が持てないまま、ポール・オースターの『ムーン・パレス』を持って、SHIBUYA TSUTAYA内のスタバで彼女と会った。僕は疑問を二つぶつけた。一つは「どうして『読書家から一番趣味がいいと思われるジャンル』の本を読みたいのか」で、もう一つは「どうして僕から借りようと思ったのか」だった。

美梨は二つ目の質問には簡単に答えてくれた。「知り合いの中で、一番本を読んでそうだったから」らしい。一つ目の質問にはなかなか答えてくれなかったが、僕が「本を借りる目的がわからないと『ムーン・パレス』がふさわしい本かどうかわからない」と言うと、少しずつ真相を教えてくれた。気になっているサークルの先輩が読書家なので、話を合わせるために小説を読みたいと思ったが、趣味の悪い本の話をして幻滅されたくなかったから、だそうだ。

「その先輩が普段どんな本を読んでいるかわからないけど」と僕は言った。「『ムーン・パレス』を読んでいる人に幻滅するような男なら、そもそも付き合わない方がいい」

美梨は僕のその言葉に満足したようだった。帰り際、僕は彼女に「そういえば、野球部の四番とはどうなったの？」と聞いた。

「夏に振られたよ」と彼女は答えた。「今でもあんまり納得してないけど」

「なんで？」

「私と一緒にいると、勉強に集中できないんだって。受験の邪魔をしないように付き合ってたのに」

「なるほど、それは悲しいね」

「うん、悲しかった。ようやく立ち直ったところ」

僕は彼女に『ムーン・パレス』を渡し、そのまま解散した。それ以来僕たちは会わなかったし、連絡を取り合うこともなかった。


それから、僕たちの間には何もないまま一年が経った。

僕は相変わらず、読んだ本のリストを更新していた。リストが二百冊を超えたとき、僕は唐突に「自分はなんのためにこのリストを更新しているのだろうか」という実存的な問いを抱いてしまった。僕の友達に、読書が趣味の人間はいなかった。正確には、僕のように読書をしている人間は一人もいなかった。僕は一人で粛々と本を読み、そこで得た知識や感情を何かに活かすこともなく、ひたすら内側に溜めこんでいた。ミクシィに公開していた読書リストは、孤独に読書をしている僕が世界と接続している唯一の場所だった。しかしその場所だって、別に誰かが熱心に見てくれているわけでもない。

「僕はなんのために、こんなに本を読んでいるのだろう」

今にして思えばくだらない問いだが、当時の僕はかなり真剣だった。それくらい真剣に本を読んでいた（こういった感情を抱かなくなってしまったことも、ある種の進歩と退化だ）。

不安とも虚無ともとれる無能感の中で、僕は中川美梨に「『ムーン・パレス』を返してほしい」というダイレクトメッセージを送っていた。正直言って、貸した本を返してもらいたいという気持ちはなかった。もう一冊買った方が安いし早い。ただ、少なくとも彼女は、僕の読書リストを見ていた。僕は自分の読書経験を参照して『ムーン・パレス』を貸したのだ。今や、彼女は僕の読書が外の世界と繋がっている世界で唯一の証だった。

「忘れてた！　ごめん、すぐに返す！」と彼女は返信してきた。「あと、『ムーン・パレス』、面白かった」

こうして僕たちは高田馬場のサンマルクで一年ぶりに会った。美梨は『ムーン・パレス』の感想を述べてから、オースターの他の小説も読んでしまったと言った。『ミスター・ヴァーティゴ』が一番だと言っていた。僕は『ムーン・パレス』がやはり一番だと言った。それもわかる、と言われた。

夕方になると、少しだけ勇気を出して夕食に誘った。彼女は「いいよ」とうなずいた。うろうろ歩いて見つけたガストで食事をした。僕たちはほとんど生まれて初めて、お互いについて話した。例の、読書好きの先輩への片想いは成就しなかったらしい。ドイツ語のクラスにオダギリジョーに少しだけ似ている人がいて、今はその人のことが気になっているという。彼の写真を見せてもらったが、どこがどう似ているのか一切理解できなかった。

僕は入学してすぐ付き合ったバイト先の女の子と別れたばかりだった。

「何が理由で別れたの？」と美梨に聞かれ、僕は「付き合う理由がなくなったから」と答えた。

「うわ、冷酷」と美梨は言った。

食後に美梨が「何か新しい本が読みたい」と言ったので、僕たちは書店へ向かった。本棚の前を歩きながらカート・ヴォネガット・ジュニアの『タイタンの妖女』を選び、彼女が購入するところを見届けた。携帯の電話番号を交換して、夜の十時ごろに僕たちは解散した。


それから美梨とは、一ヶ月に一度くらい会って食事をした。美梨に頼まれ、船橋の彼女の実家まで、良治《よしはる》くんという弟に勉強を教えにいったこともあった。良治くんは東大受験を控えていた。美梨のお母さんは関西弁の明るい人で、いつも晩御飯をご馳走してくれた。

「良治はどうなん？　見込みある？　遠慮しないで言って」

食事が終わったあと、美梨のお母さんにそう聞かれたとき、僕は「浪人すれば、確実に受かります」と答えた。「現役だと、私大は大丈夫ですが、東大は難しいかもしれません」

「やんなあ。私もそう思ってたわ。よりによって高三の夏に彼女作りよって。美梨と同じなんよ」

「でもまあ、長い目で見れば、人生において恋愛の方が大学受験より重要ですよ」

「小川《おがわ》くん、いいこと言うなあ」

冬が過ぎ、年が明け、春が来た。良治くんは東大に落ち、早稲田に進学した。美梨と同じだった。美梨はオダギリジョー似の男と付き合い、うまくいかずに三ヶ月で別れた。美梨の誕生日プレゼントとして、僕はライブチケットをあげた。NHKホールでくるりのライブを観てから、渋谷で食事をした。

その日をきっかけに、僕たちは月に二回くらい会うようになった。僕の誕生日も一緒に過ごした。表参道のいつもより少し高いレストランで、美梨は谷崎潤一郎の『瘋癲老人日記』の初版本をプレゼントしてくれた。僕は嬉しかったが、それ以上に「どうやってこのプレゼントを選んだのだろう」と気になった。それほど本に詳しくない人が選ぶにしては、渋すぎるチョイスだった。

美梨はなかなか教えてくれなかったけれど、執拗に粘ると最終的に白状した。

「前に、読書好きの先輩の話をしたよね？」と彼女が言った。

「うん。サークルの先輩でしょ。当時片想いしていた」

「そう。その人に選んでもらったの。『谷崎の初版本を渡されて喜ばない人とは付き合う価値がないよ』って言われた」

僕はどう応えるべきか少し迷ってから、「それはそうかもしれない」とうなずいた。

今にして思えば、その言葉が「告白」にあたるものだったのかもしれない。帰り道、初めて入った表参道ヒルズの中で、大学の友人と会った。友人は美梨を指さして「彼女？」と聞いてきた。僕は少し迷いながら「うん」と答えた。美梨は何も反論しなかった。

翌年、美梨は就職活動を本格的に始めた。大学院に進学する予定だった僕は、卒業論文の準備をしたり、好きな本を読んだりして過ごした。美梨は二つのメーカーとテレビ局と伊藤忠から内定をもらい、もっとも給料の高かった伊藤忠を選んだ。春からは社会人になって、森下で一人暮らしを始めた。彼女の実家と会社と僕の家を線で結んだとき、三角形のちょうど中心にあたる場所だったらしい。

休日にはよく二人で旅行をした。僕はいつも本を二冊持っていった。そのうちの一冊を美梨が選び、残った方を僕が読んだ。行きの電車や飛行機で読書をして、読み終わると交換した。年に何度か、彼女の実家へ一緒に行くこともあった。彼女のお父さんに有楽町へ呼びだされ、二人で酒を飲んだこともあった。

「君は、何かやりたいことがあるのか？」

かなり酒を飲んでから、美梨のお父さんはそう聞いてきた。美梨のお父さんは銀行員で、新卒からずっと同じ会社に勤め続けているらしい。僕はどう答えるべきか真剣に考えてみたけれど、しっくりくる答えを見つけることができなかった。

困ったときは正直に答えるべきである——これも誰かの箴言ではない。自分で考えたことだ。

僕は正直に「あまり思いつきません」と答えた。

「じゃあ、やりたくないことはあるか？」

「それならたくさんあります」

「たとえば？」

通勤のために満員電車に乗るのは嫌だったし、無能な人間に偉そうな態度をとられるのも嫌だった。目覚ましで起きるのも嫌だったし、眠たいまま一日を過ごすのも嫌だった。お金のために嘘をつくのも嫌だったし、誰かに気に入られるために持論を曲げるのも嫌だった。でも、それらの言葉を口に出すと、美梨のお父さんの人生を傷つけるかもしれないとも思った。目の前の相手は、僕がやりたくないことをやってお金を稼ぎ、二人の子どもを私立大学に通わせたのかもしれない。

「満員電車に乗りたくないです」

僕は慎重にそう答えた。僕は困っていたが、正直に答えるしかないと腹を括《くく》った。

「満員電車は最低だね」と美梨のお父さんは言った。「俺も大嫌いだ。他には？」

「無能な人間に偉そうな態度をとられるのも嫌です」

それを聞くと、美梨のお父さんは声を出して笑った。「それもそうだ。俺も自分が偉そうな態度をとってないか、気をつけないといけないね」

話の最後に、美梨のお父さんは「何があっても、電話口で怒鳴る人間と、猫舌の人間は信用してはいけない」と言った。

「なるほど」と僕はうなずいた。

こうして僕は就職について考えはじめた。

「あなたの人生を円グラフで表現してください」という質問は、おそらくその問いが設定された事情を超えて、僕にさまざまな問題を投げかけてきた。この問いに答えようと、僕は自分の人生を思い返した。一人で更新し続けた読書リストのことや、読書リストを見て僕に連絡した美梨のこと。

読書とは本質的に、とても孤独な作業だ。映画や演劇みたいに、誰かと同時に楽しむことはできない。最初から最後まで、たった一人で経験する。それに加えて、本は読者にかなりの能動性を要求する。目の前で何か行われていることを受けとればいい、というわけではない。読者は自分の意志で本に向き合い、自分の力で言葉を手に入れなければいけない。そんな拷問を、場合によっては数時間、十数時間も要求する。僕はときどき、本というものが、わがままな子どもや、面倒臭い恋人のように見える。

「僕だけを見て。私だけにずっと構って」

本が、そう喚《わめ》いているように感じられるのだ。実に傲慢だと思う。

しかしその傲慢さのおかげで、僕たちは一冊の本と深い部分で接続することができる。誰かによって書かれたテキストと、たった一人の孤独な読者。二人きりの時間をたっぷり過ごしたからこそ、可能になる繋がりだ。

僕は今、就職活動をしている。他人に伝わる言葉で、可能な限り僕という人間を表現しなければならない。しかし、読書という行為の本質的な孤独さと、読書が僕たちに求める傲慢さのせいで、適切な言葉が出てこない。適切な円グラフを描くことができない。

エントリーシートのために、僕は僕という人間を記述しようとする。元サッカー部員で、読書が好き。しかしそれではまだ足りない。まだ、僕という人間を表現しきれていない。千葉県千葉市出身で、『H2』を二十回くらい読んでいて、映画『グッドフェローズ』を四回観ている。それでもまだ足りない。ラッセルの記述理論によれば、そうやって僕の特徴を挙げ続けると、いつかは僕という人間の固有名と同義になるという。それに対してクリプキは、どれだけ記述を続けても、固有名と同義にはならないと主張した。

クリプキは「名前」を「固定指示子」と呼んだ。「固定指示子」とは、あらゆる可能世界において、その「名前」が不変なものであると固定する機能を持ったものだ。僕が『H2』を読んでいなくても、僕は僕のままだ。僕という固有名は形而上学的に同一だ、とクリプキは指摘する。

「出た、形而上学」と美梨が言う。

僕たちは城崎《きのさき》温泉へ向かう特急の車内にいる。美梨が忙しくなったこともあり、旅行の回数はずいぶん減った。今回の旅行は久しぶりだった。

「形而上学の話題を出したのは僕じゃなくて、クリプキだよ」

「私は哲学に詳しいわけでもないけど、クリプキさんの言ってることは正しいと思う」

「どういう点において？」

「固有名には、記述で回収できない何かがあるっていう点。私という人間を、なんらかの記述で完全に説明できるとは思えない」

「つまり、対象の性質によって名前が決まるわけではなく、名付けそのものが名前の本質だという立場だね」

「自分がその立場に属するのかはわかんないけど」

「名前の本質を担保しているのは、名前が付けられてからその名前を共有してきた社会の因果的連鎖ということになる。言い換えると、言語や知識は個人の頭の中にはなく、共同体によって決定されるということだ」

「ねえ、哲学者ってなんでそんなに極端なの？」

「突き詰めて考える必要があるからだよ。クリプキの名指しに関する議論には、さまざまな批判があった。言語が本質的に外在的であるという主張も、いろいろな哲学者からかなり攻撃された」

「よくわかんないけど、簡単じゃないんだね」

「そう。簡単じゃない。直観的に正しそうなことを言うと、突き詰めて考えたときに矛盾が発生する。哲学者は何千年もそんなことを繰り返している」

僕は旅行鞄から二冊の本を出した。ケリー・リンクの『マジック・フォー・ビギナーズ』と、志賀直哉の『小僧の神様・城の崎にて』だ。

美梨は本を選ぶ前に「もう少し寝る」と言った。まだ仕事の疲れがとれていないようだった。結局、美梨は城崎温泉に到着するまでずっと寝ていたし、帰りの電車でもずっと寝ていた。僕は一人で二冊とも読んだ。

僕は「あなたの人生を円グラフで表現してください」という質問を飛ばして、他の項目を埋めることにした。志望する部署のことや、最近気になったニュースなどを書いていく。思ったよりすんなり埋まっていった。

文章を書いている間、僕は常に孤独だった。そこに他人が介在する余地はなく、世界は僕と紙とペンだけによって構成されている。読書という行為が本質的に孤独であるならば、本を執筆するという行為もまた、本質的に孤独だ。本は多くの場合、一人の人間によって書かれ、一人の人間によって読まれる。その一対一の関係性の中に、なんらかの奇跡が宿る。

僕は本棚を見る。数々の文豪の名前がある。床にも、同じくらいの数の文豪が散らばっている。すべての文豪も、この孤独の中で執筆作業をしたはずだ。彼らが有名だったかどうか、彼らが金持ちだったかどうかは関係ない。ディケンズも僕も同じだ。文章を書いている間は、誰であれ同じことをしている。そこには書き手と紙とペンしか存在しない。読者も同じだ。読書をしている間は、時代や国も超えて、貧富の差も超えて、本と読者だけが存在している。

　誰かが本を書き、誰かが本を読む。もちろん、両者の間には多くの人間が関与する。編集者や出版社がいて、取次や書店がいる。でも、その始まりと終わりは究極的に孤独で、究極的に公平だった。だからこそ、僕は本を読んでいた。孤独で構わない。そういう人間がこの世界にいることを、誰にも知られなくても構わないと思っていた。そうやって、いろんな物語を内側に溜めこんできた。

　僕はクリプキのことを思い出す。固有名には、記述の束では回収できない剰余が存在するらしい。本とはつまり、記述の束だ。豊かな世界を、言葉に閉じこめる作業だ。「よく晴れた春の朝にカーテンを開けたときの陽光」という文章は、よく晴れた春の朝にカーテンを開けたときの、本物の陽光ではない。どれだけ努力しても、本物の陽光には敵わない。

　クリプキの主張を置き換えてみる。本物の世界には、小説では回収できない剰余が存在する。でも、と僕は反論したくなる。小説には、本物の世界では味わうことのできない奇跡が存在する。いつもその奇跡に出会うとは言えないが、特別な本に出会ったときは、言語で説明できない類《たぐい》の感動をおぼえる。百パーセント言語によって構成された本という物体が、どうして言語を超えることがあるのだろうか——少なくとも、言語を超えたような錯覚を得ることができるのは、どうしてだろうか。

その秘密はきっと、読書という行為の孤独さの中にある。

僕はエントリーシートを机の上に置いたまま立ちあがった。

ソファに美梨はいない。本当なら今日も一緒に食事をするはずだったが、仕事で会社から出られなくなったらしい。僕は「あなたの人生を円グラフで表現してください」という文章を見つめる。

僕の人生には、円グラフで表現することのできない剰余がある。僕はエントリーシートの空白に向かって、そう反論する。


僕たちは岩本町にあるイタリアンレストランにいる。この前ドタキャンしたときの埋め合わせのつもりらしく、珍しく美梨が予約をした。注文した料理が来るまでの間、美梨はウーロン茶を飲みながら僕が書きかけたエントリーシートを読んでいた。

「悪くない。でも、ちょっと弱い」と彼女は言った。「小川くんの文章の弱点、教えてあげようか?」

「何?」と赤ワインを飲みながら僕は聞いた。

「文章がかならず『たぶん』や『もしかしたら』で始まって、『と思う』や『かもしれない』で終わるところ」

「たしかにそうかもしれない」

「出た。『かもしれない』」

「あ」と僕は声を出す。自分でも意識したことはなかったけれど、きっとそうなのだろう。

「断言恐怖症だね」と美梨が言う。

「先生、どうやったら治りますか？」と僕は聞く。

「十分な睡眠と、規則正しい生活、最低限の運動、バランスの取れた食事――では治らないですね」

「じゃあ、どうすればいいんですか？　治療する方法はないんですか？」

「あなたは、どうして自分が断言恐怖症にかかってしまったと思いますか？」

「季節の変わり目に、お腹を出したまま寝てしまったからですか？」

「違います」と美梨が首を振る。「真実を話そうとしすぎなのです」

「真実を話すことは悪いことですか？」

「悪いことではありませんが、就職はできません」

「どうやったら就職できますか？」

「小川さんの趣味を活かせばいいのではないでしょうか」

「趣味、ですか？」

「小説です。これまでたくさん読んできたでしょう。エントリーシートに小説を書けばいいのです。就職活動はフィクションです。あなたはフィクションの登場人物です。話が面白ければ、別に嘘でもいいのです。真実を書こうとする必要はありません」

「中川先生、たいへん勉強になります」

「それでは練習をしてみましょう」

「練習？」

「何か嘘を言ってみてください」

「ミッキーマウスはネズミ年に生まれた」

僕はそう口にする。

「それは本当に嘘ですか？」と美梨が聞く。

「調べたことはありませんが、十二分の十一の確率で嘘です」と僕は言う。

「その調子」と美梨が言う。


僕は生まれて初めて、小説を書こうと試みる。主人公は就活を控えた大学院生だ。新代田と代田橋の中間にある月七万円のワンルームマンションに住んでいて、アルバイトと奨学金で生活している。両親はどちらも健在で、金持ちではないけれど貧乏でもない。付き合って三年の、商社に勤める彼女がいる。本を読むのが好きだという理由で、出版社を受けようとしている。

小説の主人公にするには面白みに欠ける人間だ、と僕は思う。葛藤がないし、わかりやすい屈折もない。これでは読者の共感が得られない。

この主人公の最終的な目標は、就職することにある。物語を成立させるためには、主人公には何かが欠けていて、就職することが必然的にその欠損を満たさなければいけない。しかし、この主人公は「就職する」という動機に欠けている。貧しい実家を支える必要もないし、多額の借金を返さなければならないわけでもない。偉くなって誰かを見返したいと願っているわけでもないし、実存的な不能感に晒されているわけでもない。

本が好きだから、出版社を受けようと思いました——オーケー、それはわかった。でも君は、そもそもどうして就職しようと思ったんだ？　本が好きなら、ただ本を読めばいいだろう。君がどうして就職したいと考えているのか、その理由はなんなのか、しっかり説明してくれよ。そうでないと、物語が生まれないじゃないか。

そもそも僕はどうして就職をしようとしているのだろうか。僕は自分に問いかける。

金のためだろうか。もちろん生きていく上で金は必要だ。だが、就職は金を稼ぐことの十分条件ではあるけれど、必要条件ではない。別に企業に就職をしなくても、金を稼ぐことならできる。事実として、僕は週四回の塾講師のバイトで、大卒の初任給と同程度の金を稼いでいる。

親のためだろうか。もちろん僕が就職すれば親は喜ぶだろう。親が喜べば、もちろん僕も嬉しい。でも別に、僕は親を喜ばせるために生きているわけではない。

なんのためなんだろう、と僕は腕を組む。エントリーシートに小説を書くため、僕は真剣に考える。

翌日、僕はスーツを着てホワイトボードの前に立っている。二十一人の生徒が、僕の授業を聞くためにこちらを見ている。僕は授業の冒頭で、先週出した仮定法過去に関する宿題を集める。それぞれの列ごとに宿題のプリントが重ねられていく。僕はそれらを集めて枚数を確認する。二十一枚ある。つまり、生徒全員が宿題を提出したということだ。

「今、僕の気持ちを率直に述べていいですか？」と僕は生徒たちに問いかける。何人かの生徒がうなずき、残りの生徒は少し戸惑っている。

「驚いています」と僕は口にする。教室内に、少しだけ重い空気が漂う。生徒たちが、今からなんらかの理由で怒られるのではないか、と警戒しているからだろう。普段、僕は授業に関係のない話をあまりしない。

「なんと、二十一人全員が宿題を提出しました。これは驚くべきことです」

だって僕は自分が学生のころ、記憶の限り、一度も宿題を提出したことがないからです――そう続けそうになって我慢した。塾講師として、適切な言葉ではない。

「早乙女《さおとめ》くん、どうして宿題をやろうと思いましたか？」

僕は最前列に座っていた男の子に聞く。サッカー部のフォワードで、父親が不動産会社の役員をしている生徒だった。

「先生から宿題が出されたからです」と早乙女くんが答える。

「たしかに僕は宿題を出しました。でも、宿題をやらないという選択肢もあったはずです」

「宿題はやるべきだと思います」

そう言ってから、早乙女くんは困惑した表情を浮かべている。僕に責められていると感じているのだろうか。さすがに、宿題をやってきた生徒に対し、「宿題をやった動機に問題がある」などと怒るわけにもいかない。

「いい心がけだと思います」と僕は口にする。「では、真中《まなか》さんはどうして宿題をやってきたのですか？」

別の生徒に話を振る。早乙女くんが安堵したような表情を浮かべている様子が視界の端に映る。

真中さんは近所の女子高に通っている女の子で、小学校までは北海道に住んでいた。

「志望校に合格するためです」と真中さんが答える。まっすぐこちらを見ている。

「志望校に合格するのは、誰のためですか？」

僕は意地悪な質問をする。真中さんは少し考えてから「自分のためです」と答える。

「いい心がけだと思います」と言って、僕は授業を始める。生徒たちは、しばらく唖然としている。

宿題とは、自分のためにやるものである――真中さんの言葉だ。

僕はその言葉を置き換える。就活とは、自分のためにやるものである。

僕はラップトップを開き、自分という人間の記述を可能な限り列挙していった。ひとつひとつの記述を検討し、就職の動機となる根拠を探した。なかなか見つからなかったので、僕は記述自体に手を加えることにした。元サッカー部という設定を、元文芸部という設定に変えてみた。それだけで、物語が広がったような感覚があった。元文芸部の僕は、学生時代に同人誌を出版したことがあった。一から企画を考えた。締め切りを守ろうとしない部員に発破をかけ、徹夜で校正作業をした。印刷所とやりとりをして、なんとか文化祭に間に合わせた。当日売り切ることができなかった同人誌の在庫を解消するために、さまざまなＰＲ戦略を立てた。結局、そのときの戦略はうまくいかず、今でも家には同人誌の在庫が残っている。僕が出版社を受けるのは、この経験が元になっている。いろんな人と関わりながら、本という一つの作品を作り、多くの読者に届ける。その喜びを、もっと深い部分で感じたい。

月並みな話かもしれないが、筋は通っている。主人公には明確な動機があって、それを満たしたいと思っている。彼のような人間こそ、出版社に就職するべきだろう。

そこで僕は気がつく。この世界の僕には就職する動機がないかもしれないが、可能世界の僕には動機がある。可能世界の僕の動機を集めていけば、何か答えが見えるのではないか。

僕は自分の出身地を変えてみる。家庭環境を変え、年齢を変えてみる。趣味を変え、大学に通っていなかったことにする。性別を変えようと思ったところで、同時に名前も変える必要があることに気づく。

名前とは固定指示子だ、と言ったクリプキを思い出す。可能世界に散らばったさまざまな僕の可能性を束ねるものだ。僕は心の中でクリプキに許可を得て、自分の名前を捨てる。僕はアメリカ人女性のジェシカ・バートンという人物のことを考えている。ジェシカは結婚して夫もいるが、自分の平凡な生活に退屈しきっている。彼女は何かが起きて、世界が突然大きく変わることを心のどこかで祈っている。

僕はジェシカの人生について文章を書く。彼女がどこで生まれ、何が重要だと思って生きてきたか。何を信じ、何に裏切られたか。

その瞬間、僕は他の誰でもなく、自分のために文章を書いている。

真中さんの言葉を置き換える。文章とは、自分のために書くものである。

美梨と僕は、伊香保温泉にいる。

岩本町のイタリアンレストランで食事をしてから、かなり経っていた。

付き合いはじめて以来、こんなに会わなかったのはおそらく初めてだろう。彼女の仕事が忙しかったというのもあるが、基本的には僕のせいだった。

その間僕はずっと小説を書いていた。小説を書きはじめてから、どういうわけか美梨と会う気にならなくなっていた。もしかしたら、僕にとって小説を書くことと、美梨と会うことは、人生において同じ部分に存在しているのかもしれない。そんなことを考えた。だからこそ、うまく両立することができなかったのだ。

この旅行には、美梨の誕生日祝いという側面もあった。誕生日当日は、彼女の仕事のせいで一緒に過ごすことができなかった。旅館で食事をとり、すでに過ぎてしまった彼女の誕生日を祝った。美梨が以前から欲しがっていたボッテガ・ヴェネタの財布をプレゼントした。美梨は珍しく酒を飲んだ。ビールをグラス一杯飲んだだけで、新鮮な挽肉のように顔が真っ赤になっていた。

「一杯だけ飲めるようになったの」と彼女は言った。「ここ最近、飲み会ばっかで」

「無理しなくていいよ」

「一杯だけなら大丈夫。これ以上は飲まないけど」

僕と美梨は、完成することのないエントリーシートの話をした。美梨のアドバイスに従って、フィクションを書こうとしたんだ――僕はそう説明した。でも、僕という人間は、どうやらエントリーシートという物語の主人公に相応《ふさわ》しくないみたいで。

「どうして?」と美梨が聞く。

「簡潔に言えば、動機がないんだ」と僕は答える。「僕は自分でも、自分がどうして就職しようとしているのか、満足に説明できない」

「それってたぶん――」

美梨は何かを言いかけて、「――やっぱなんでもない」と途中でやめる。

なんだよ、教えてよ、と言いかけて、美梨と目が合う。

目が合った瞬間、奇跡のような何かが降り注ぎ、僕は唐突に答えにたどり着く。そうか、君か、と僕は思う。そう、私だよ、と美梨も思っているに違いない。僕は目を伏せて、自分のグラスにビールを注ぐ。

僕は無意識のうちに、一人前の人間になろうとしている。もっと具体的に言うと、美梨と結婚するためには、きちんと就職しなければならないと思っている。だから僕は、就職しようとしている。

僕は不意に、泣きそうになってしまう。どうして泣きそうになったのか、自分でもまだよくわかっていない。

顔を上げると、美梨が泣いている。ビールのせいで顔が赤く、号泣しているように見えるけれど、たぶんそうではない。静かに、しっとりと泣いている。

「前に、小川くんが私のお父さんと二人で飲みにいったことがあるでしょ？」

美梨が洟《はな》をすすりながら言った。

「有楽町で」

「そう。あのあとお父さんと会ったとき、なんて言われたと思う？」

「想像もつかないな」

「『俺は美梨のことを世界一甘やかして育ててきたつもりだったが、世界二位だった』って。『もっと甘やかされて育ったやつがいた』って」

「それは褒め言葉なのかな」

「わかんない。たぶん褒めても、貶《けな》してもないと思う。どうしてだろう、そのことを思い出して、涙が止まらなくなって。別にお父さんが死んだわけでもないのに。今も毎朝元気に出勤してるのに」

僕の喉で、言葉が詰まっている。その言葉は、必死に外の世界へ出たがっていた。でも僕は、本能的に「出てはいけない」と命じている。一度外に飛びだせば、もう二度と同じ場所に戻ってくることができないような気がしていた。

「最近ずっと会えなかったじゃん？」と美梨が言う。僕は「うん」とうなずく。

「その間に、いろいろ考えたの。昔のこととか、将来のこととか」

「うん」と僕は繰り返す。

「完成しないエントリーシートのことも、少し考えた」

「何か妙案は浮かんだ？」

「浮かばなかった」と美梨は答えた。「いや、正確には違うかな。あの質問に、小川くんは答えるべきじゃないと思った。無理に埋める必要はないって」

「どっちにしろ、もうとっくに締め切りが過ぎちゃったけどね」

「知ってる」と美梨がうなずく。無理に笑おうとしているみたいに、ぎこちない表情をこちらに向ける。

「僕も――」と言いかけて、喉に詰まっていた言葉が飛びだすような感覚に陥る。「――僕もここ最近、いろんなことを考えた」

「どんなこと？」

「小説のこと」

「エントリーシートというフィクションのこと？」

「いや、そうじゃない」と僕は首を振る。「エントリーシートはすでに締め切られているし、何より僕という人間は小説に相応しくない。僕の人生には、心の躍る物語がないんだ」

「じゃあ、そうではない小説について考えていたの？」

「うん。はじめは、僕という人間の記述を書き換えていった。クリプキ的に言えば、可能世界の僕について考えたんだ。でもそれじゃ物足りなくなって、僕は自分の名前を捨てた。まったく新しい人格を作りだして、その人格が世界と衝突する物語を考えた」

「なんとなく、そうじゃないかって気がしていた」

美梨の頬を伝った涙が、顎《あご》の先から机の上に落ちた。

「それで――」と言いかけた僕を、美梨が「――私に言わせて」と制した。

「うん」とうなずきながら、僕は自分がこれから何を言おうとしていたのか、自分でもよくわかっていなかったことに気づいた。

「私と一緒にいると、小説に集中できないんでしょ？　前にも同じようなことを言われたことがあるから、よくわかるの」

「野球部の四番に」

「そう」

それから、僕はなんと口にするべきか、必死になって言葉を探した。世界中を探しまわっても、何も見つからなかった。

「ごめん」と僕は口にした。「そうかもしれない」


翌日、僕たちは予定通りいくつかの温泉を回り、水沢うどんを食べてからレンタカーで東京へ帰った。多少のぎこちなさはあったけれど、悲愴感のようなものは出さないように気をつけていた。車中で何を話したかは、まったく覚えていない。ボーズ・オブ・カナダの同じアルバムが無限に繰り返されていた。高速を降りてから「家まで送ろうか」と僕は提案したけれど、美梨は「大丈夫」と言った。僕たちは新宿のレンタカー屋で解散した。最後に交わした言葉は「じゃあ」だった。

自宅に帰り、旅行鞄の中身を整理しながら、僕は一文字も読むことのなかったバルガス＝リョサの『緑の家』と伊藤計劃《けいかく》の『ハーモニー』を手にとった。それでもやっぱり読むことができなくて、部屋にあった美梨の荷物を集めていった。いつかまとめて送ろうと思いながら、いつまでもできなかった。

こうして僕は小説を書いた。エントリーシートのときとは大きく違っていた。何もかも自分のせいだったけれど、少なくとも僕には欠損があり、その欠損を埋めるための動機があった。僕は小説を書かざるを得なかった。

新宿のレンタカー屋で解散してから六年後に、高校の同級生から「美梨が結婚した」という話を聞いた。相手はオダギリジョー似の男でも、サークルの先輩でもなく、会社の同期らしい。僕はすでに小説家としてデビューしていた。お祝いの言葉を贈ろうか一時間くらい悩んで、結局何も贈らなかった。

部屋は以前よりも散らかっていた。毎日のように文豪の数が増えていたからだった。カズオ・イシグロが暴れまわり、チェーホフとカーヴァーが机の上からその様子を見守っている。

今でもときどき、僕は可能世界の自分について考える。無数の可能世界のどこかには、人生を円グラフで表現することに成功して、エントリーシートを提出した自分もいるだろう。

一度、新潮社の編集者に「新潮社を受けようとしたことがあったんです」と言ったことがある。編集者は「僕も昔、小説を書こうとしたことがありました」と答えた。

僕はエントリーシートを書くことに失敗して、小説家になった。編集者は小説を書くことに失敗して、新潮社に入社した。もしかしたら、僕たちが逆の立場になっていた可能世界も存在するのかもしれない。

しかし、それでも僕は僕だし、編集者は編集者なのだ。クリプキによれば、僕たちの名前には、記述では回収しきれない剰余がある。その剰余とは、さまざまな可能性を繫ぎとめる楔《くさび》のことだ。僕たちは手に入れることのできなかった無数の可能世界に想いを巡らせながら、日々局所的に進歩し、大局的に退化して生きている。きっと、そうすることでしか生きていけないのだと思う。

三月十日

震災からちょうど三年が経った三月十一日の夜、有楽町の居酒屋で高校の同級生たちと四人で酒を飲んだ。お互いの近況に関する会話をひとしきりしてしまうと、今日が偶然にも三月十一日であるという話から、幻に終わったスノボ計画の話題に移った。三年前、僕たち四人はスノボに行く予定だったのだ。行き帰りに夜行バスを使った格安プランだったが、四人のうち一人が学生最後の年で、ちょっとした卒業旅行も兼ねていた。あのときはみんな学生だったけれど、三年経って僕以外はみんな就職していた。

結局スノボ旅行は中止になった。出発の二日前にあの地震があったからだ。

僕たち四人は間違いなく幸運だった。震災のとき東北にいたわけではないし、津波に家を流されたわけでもなかった。命を落とした家族や友人はいなかったし、原発事故で郷里に住むことができなくなったわけでもなかった。だが間違いなく、スノボ旅行の中止は関東に住む僕たちにとって、ほんの小さな「被災」だった。震災について思い出すとき、自分たちの経験として出てくるエピソードのうちの一つだ。

あの日——震災の日の夜、僕たちは連絡を取り合って二日後に迫ったスノボ旅行をどうするか検討した。目的地は長野県にあって、直接的に地震の被害があったわけではなさそうだったが、事情が事情なだけにやめたほうがいいという結論になったと記憶している。

それから二日後、本来だったらスノボに行くはずだった日、僕たちは母校の近くに集まった。せっかくその日の予定を空けていたのだから、母校の様子でも見にいこうという話だったと思う。駅前は閑散としていて、人通りは驚くほど少なかった。まだ震災は続いていた。福島第一原発の原子炉の建物が爆発したばかりで、東京も被曝してみんな死んでしまう、というような扇情的な話も出回っていた。ときおりスマホでニュースを確認するたび、ストップウォッチの数字が進んでいくように行方不明者や死亡した人の数が増えていった。

母校は埋立地にあって、目の前を走る国道のアスファルトが液状化現象で激しくひび割れていた。部活がすべて休みになっていたのか、校舎には生徒や教師の影もなかった。僕たちは無人の母校を後にして、近くのボウリング場へ行ってから解散した。昼に中華を食べたという主張をする人と、ファミレスへ行ったと主張する人で意見が割れた。僕はまったく覚えていなかった。答えを確かめようがない、ということで、真相は闇の中へ消えた。

その話の流れで、地震の瞬間に何をしていたかを僕たちそれぞれが話した。改めてそうやって話すのは、実は初めてだった。

僕は震災の日、映画を観るため、三時に新宿のバルト9で女の子と待ち合わせをしていた。自宅から代田橋駅に向かって歩いている途中、突然まっすぐ歩けなくなった。一瞬二日酔いを疑ったが、周りを見るとそういう感じではなかった。建物はぐらぐら揺れているし、アパートから慌てて出てきた人もいた。すぐに「地震だ」と思った。それも「今まで経験したことのないほど大きな地震だ」と。

とりあえず連絡しようと試みるも、スマホはほとんど繋がらなかった。震源や被害などに関する詳しい情報も、スマホが繋がらない以上、確認しようがなかった。とにかく新宿に行くほかなかったが、残念ながら電車は止まっているし、動きだす気配もなかった。駅員はバスに乗ることを勧めていて、他のほとんどの人と同じように、僕もそのアドバイスに従った。甲州街道はフジロックのメインステージみたいに混んでいて、三十分経っても二センチしか進まなかった。次の停留所で降り、僕は新宿まで歩くことにした。一時間はかからない距離だった。途中、街頭の大型テレビで地震の報道を見て、震源地が東北だということがわかった。東北で起こった地震で東京がこれだけ揺れるなんて、と驚いたが、報じられていた死者の数はまだ一桁だった。今思えば、災害後すぐに死者の数を確認する術《すべ》がないからなのだが、そのときの僕は少し安心してしまった。新宿に向かって歩きながら、僕は阪神大震災を思い出した。あのとき東京は揺れなかった。当時僕は小学生で、阪神・淡路大震災はテレビの中の出来事だった。あのときは何千人もの命が失われたが、今回は大丈夫なのだろう、なんてことを考えたりもした。

新宿に着いたのは夕方だった。先に到着していた女の子は近くのカフェで僕のことを待ってくれていたが、映画は上映中止になっていたし、電車はすべて止まっていて、つまり僕たちは新宿に閉じこめられてしまった。二人でのんびりご飯を食べて、それでもまだ電車が動いていなかったので、仕方なくカラオケに入ることにした。そうして一夜をともにした、というわけでもなく、カラオケに入ってすぐ「電車が動いた」という情報が入ってきて、僕たちはそのタイミングで解散した。

同級生の加藤《かとう》は、当時京大の院生だったが、震災時は就活のために実家に戻っていたらしい。その日は決まった予定もなく、ホワイトデーのチョコを買おうと親の車で海浜幕張に向かっていたという。すると突然車が揺れた。道路が割れて、マンホールから水が噴きだした。車を路肩に寄せて、揺れがおさまるまで待った。その後は海浜幕張まで行って、チョコを買って家に帰ったらしい。そのとき買ったチョコが、魚の形だったことをよく覚えているという。

加藤と同様に京大の院生だった西垣《にしがき》は、就活の面接で豊洲にあるTNデータ本社の一階にいた。揺れた瞬間は、ビルの下を地下鉄が通ったのだと勘違いし、日常的にこんなに揺れる会社に入るのは嫌だな、と思ったらしい。少しして、周囲の反応からただごとでないと気がついた。社員の指示で上階まで向かったが、結局面接は中止になった。それだけでなく、安全が確認されるまでビル内に留《とど》まるよう指示された。何かの規定なのか、いつになってもその指示が解除されることはなかった。結局、面接を受けにきた学生たちは、TNデータのビルに幽閉され、一晩を明かすことになった。知らない人たちと会議室に閉じこめられ、一刻も早く帰宅したかったが、許可を得てようやくビルを出たのは翌朝になった。

卒業を控えていた岡島《おかじま》は、別の卒業旅行で大阪にいた。岡島は地震の揺れを経験していなかった。旅行を終えて飛行機に乗っていて、羽田に向かっている最中だったからだ。機長から説明があって羽田に着陸できないことがわかり、飛行機は伊丹へとんぼ返りした。一応機内でも説明があったが、空港のテレビで事の重大さを知った。その日は陸路でも東京に向かう手段がなかったし、ホテルの予約も取れなかったので、梅田のカラオケで一晩を明かしたらしい。翌朝新幹線に乗り、自由席で東京へ帰った。通路いっぱいに人がいて、ほとんどすし詰め状態だったという。

全員の話を聞き終えてから、僕は思いつきで「三月十日って何してたのかな」と口にした。三月十一日に何をしていたか、忘れてしまったという人には会ったことがない。友人たちの話を聞いていても、みんな細部までよく覚えているな、と感心する。

でも僕たちは、三月十一日とちょうど同じだけの時間、三月十日を生きていたはずだ。太平洋のどこかでプレートの歪《ひず》みが大きくなっているのも知らず、僕たちは平凡な一日を過ごしていた。

三月十日について、何か確信めいた記憶を持っていたのは岡島だけだった。

「震災の前日は京都にいた」と岡島が言った。「大学のゼミ仲間と昼間に寺巡りをして、夜は先斗町《ぽんとちょう》で酒を飲んだと思う。大阪にホテルを取っていたから、終電くらいで京都を出た」

加藤は「何をしていたかは覚えてないけど」と前置きしつつ、「地震の前日、すでに千葉に帰省していたのは間違いないね」と言った。「実は震災の日、飯岡でサーフィンをしようと思ってたんだ。嫌な予感がした、とかそういうことでもなく、単に寝坊して結局サーフィンには行かなかったんだけど。もしサーフィンをしてたらどうだったんだろうね。まあ、午前中には帰ってたとは思うけど。たぶん、三月十日はどこかの会社の面接に行ってたんじゃないかな」

西垣は「移動日だったと思う」と言った。「京都から千葉にね。震災のとき、こっちに帰ってきたばかりだった気がするから。それ以上のことはなんとも」

僕は率直に「何も覚えていない」と言った。どれだけ記憶を引っ張りだしても、三月十日に何をしていたのか一切覚えていなかった。

「何か手がかりはないの？」と加藤が聞いてきた。

「ないね」

何かを思い出そうと必死に努力してから、僕はそう答えた。「当時も院生だったけど、就活はしていなかった。春休みだから授業もないし、論文も書いてなかった。バイトはしていたけど、前日に出勤したかはわからない。下宿先のアパートにいたはずで、それ以外の情報は一切ない」

「一切？」と岡島が聞いた。「ある日突然三月十一日になったわけじゃあるまいし」

飲み会からの帰り道、それなりに混雑した地下鉄に乗りながら、僕は自分がどことなく落胆していることに気がついた。後ろに立った若い女の子の二人組が、割と大きな声で先日終わったばかりのオリンピックの話をしていたが、話の内容はまったく頭に入ってこなかった。

僕は三月十日に何をしていたのか、まったく思い出せないという事実に落胆したわけではなかった。たぶん、ある特定の一日が、自分の人生の記憶からすっかり消え去ってしまうということに落胆していたのだと思う。人生のほとんどは、記憶にすら残らない「平凡な一日」で構成されている。「平凡な一日」とは、入学式や卒業式、初めて好きな人と手を繋いだ日や、親や教師にこっぴどく怒られた日のことではないし、ましてや地震があった日でもない。少し経てばその日に何をしていたのかすっかり忘れてしまうような、そういう一日のことだ。

でも、そういう一日にだって、僕たちは何かを学び、何かに笑い、何かに感動しているはずだ。僕たちはどんな日でも、平等に二十四時間を過ごしている。

背後から「ねえ、ゴリちゃん」という声が聞こえて、僕の思考が中断した。

女の子の二人組は、片方が「ゴリちゃん」と呼ばれているようだった。見た目の問題なのだろうか、それとも別の理由なのだろうか。少なくとも「ゴリちゃん」と呼ばれている女性は、その呼び方に不満があるようには感じられなかった。もしかしたら本人は今でもそう呼ばれるたびに鬱々とした思いをしているのかもしれないし、「ゴリちゃん」を受け入れるまでに辛い年月を経ていたのかもしれない。僕は「ゴリちゃん」がどんな女の子なのか見てみたいと思いつつ、それなりに混雑した車内で振り向くのも妙だしな、なんて考えていた。

「男女が別れる理由なんて、二つしかないよ」とゴリちゃんが言った。どういう話の経緯かはわからなかった。

「他に好きな人ができたか、他人に『別れろ』って吹きこまれたか。その二つだけ。『将来の夢』とか『あなたに相応しい人間じゃない』とか、『忙しくて時間がとれない』とか、全部嘘」

もうひとりの女の子が「そういうもんかなあ」と答えた。

二人の話を聞きながら、僕は「そういえば自分は何か重要な思索をしていたのではないか」ということを思い出した。そうだった。「ゴリちゃん」について考える前は、人生から抹消されてしまう、無数の「平凡な一日」について、思いを馳せていたのだった。

僕は、自分が「平凡な一日」をすっかり忘れてしまう、という事実を嘆きながら、そのことを嘆いたことすら忘れかけていた。もしかしたら、以前にも「平凡な一日」について考えたことがあったかもしれない。でも、目の前の「ゴリちゃん」的な何かに気を取られて、そのことすら忘れてしまった可能性もある。僕はそうやって、今日という一日のことも忘れ去ってしまうのだろう。事実として、去年の三月十一日に何をしていたのか、僕は一切覚えていない。もしかしたら僕は、一年前もこうやって地下鉄の中で「平凡な一日」について考えていたのかもしれない。

僕は、震災からちょうど三年経った今日が消え去ってしまわないように、一日のことを思い返した。

昼過ぎに起きた。起きたのは十二時半だった。正確に覚えているのは、茜《あかね》から電話があったからだ。「今起きたの?」と聞かれて、「いや」と嘘をついた。昼過ぎまで寝ている怠惰な人間だと思われたくなくて、くだらない見栄を張った。翌日の夜、食事をする約束をした。茜から誘ってくるのはそれなりに珍しかった。そのあとシャワーを浴びて家を出て、キャンパスへ行った。食堂でカツ丼を食べた。図書館でバルザックを読んでから、後輩たちと三年前からやっている読書会に出席し、バイト先の塾で中学生の国語を代講した。授業が終わると塾を出て、電車に乗って有楽町へ向かった。同級生たちと飲んで、今帰宅している。「ゴリちゃん」と呼ばれている女性がすぐ後ろにいる。

地下鉄を降りる前に「ゴリちゃん」を一目見てみようと振り返ったが、女性二人組はいつの間にか下車してしまっていた。

そのとき『ゴリオ爺さん』という言葉が僕の脳裏に浮かんだ。「ゴリちゃん」の話と、昼に読んだバルザックが合わさったのだろう。『ゴリオ爺さん』。

そういえば、僕は読書日記をつけていた。

翌日、僕は茜と新宿で焼き鳥を食べた。よく一緒に行く店だった。仕事帰りの茜は、珍しくスーツを着ていた。就活生向けの説明会を担当していたからららしい。重そうな大きな紙袋を抱えていて、「何が入ってるの?」と聞くと「あとで話すよ」と答えた。仕事関係のものだろうか。僕の誕生日は三ヶ月前に終わっていたし、交際記念日というわけでもない。

僕は前日に同級生たちと話した内容と、帰りの地下鉄で考えたことを茜に伝えた。地震の当日に何をしていたか、という質問はしなかった。茜は僕と一緒に新宿にいたからだった。当時僕たちはまだ付き合っていなかった。そればかりか、付き合うような気配もなかった。茜には付き合っている相手がいたし、僕はそのことをなんとも思っていなかった。当時の僕たちは単に、気心の知れた友人だった。

「で、『ゴリオ爺さん』で思い出したんだ」

「三月十日のこと？」と茜が聞いた。

「直接的ではないけど」と僕は首を振った。「僕は一時期、読了した本のタイトルと日付をリストにしていた。で、帰ってからパソコンを調べたんだけど、三年前はまだその習慣を継続していた。『ゴリオ爺さん』は、震災の三ヶ月前に読み終えていた」

「じゃあそのリストから、三月十日になんの本を読んでたかわかったってこと？」

「正確には違うね。三月十日に読了した本はなかったから。でも、読んでいた可能性の高い本ならわかる」

「なんの本？」

「僕は三月九日にプルーストの『失われた時を求めて』の三巻を読み終えていて、三月十四日に四巻を読み終えている。だから、三月十日は『失われた時を求めて』の四巻を読んでいた可能性が高い」

自分でもすっかり忘れていた習慣だった。そして僕のリストは、『失われた時を求めて』の途中で終わっていた。たしか、全巻読破するという目標を断念するのと同時に、リストの習慣もやめてしまったのだった。

「四巻はどんな内容なの？」

「それがね」と僕は笑った。「まったく覚えてないんだ」

「まさに、本のタイトルみたいな状況だね」

「百年前に書かれた小説だけど、真理をついていたわけだね」

それから僕は、茜に『失われた時を求めて』がどういう小説か説明をした。僕は語り手が昔食べたマドレーヌのことを思い出したり、人から聞いた話や過去の恋を回想したりする話だと言った。

「ああ、その話、あの日も聞いたよ」と茜が言った。「マドレーヌの話」

「あの日って？」

「震災の日。カフェで待ってた私に『何読んでるの？』って聞いてきて。貸してもらった遠藤周作の『深い河《ディープ・リバー》』を読んでたの」

「そうだったっけ？　よく覚えてるな」

「で、少し本の話をして。その中で、マドレーヌの話を聞いた。それと、ジルベルトって女の子の話」

「そんな話、したっけ？」

「本当に覚えてないの？　語り手の幼馴染で、気分屋の女の子なんでしょ？　最終的に主人公と結ばれたっていう」

「いや、たしかジルベルトとはうまくいかなかったはずだよ」

「え、私の勘違いかな」

「いや、僕の勘違いかも」

僕自身が本の内容を忘れかけているというのに、茜は僕から聞いたあらすじを覚えていた。この記憶力の違いはなんなのだろうか。そして、どうして僕はジルベルトの話なんてしたのだろうか。マドレーヌみたいに有名なシーンでもないし、特に印象深いわけでもない。

「たしか、あの日に観るはずだった映画も、そんな話だった」と茜が言った。そういえば、僕たちは三月十一日にアメリカの恋愛映画を観る予定だった。老人が戦時中の初恋について回想するというような話だった。僕はあまり好んで恋愛映画を観ないが、他人から無料招待券をもらい、恋愛映画が好きな茜を誘ったのだった。

「それだけ記憶力があるなら、三月十日のことも覚えてるんじゃない？」

「うーん」と茜は腕を組んだ。「震災の日はたしか金曜日で、午後半休を取ってたはず。だから前日は仕事が大変だったと思う。残業とかしてたのかな。よく覚えてないけど」

「やっぱり、正確なことはあんまり覚えてないよね」

「そうだね。結局、よく覚えている三月十一日の記憶から遡《さかのぼ》って、類推するくらいしかできないと思う。日記とかあったらわかりやすいと思うけど、私はそういう習慣ないし」

その通りだった。三月十日に何をしていたかのヒントは、三月十一日にあるはずだ。僕は三月十一日の記憶の中に、三月十日の過ごし方に繋がる要素がないか必死に考えた。地震が起きたのは午後三時前だ。僕は三時に新宿で待ち合わせをしていて、駅に向かって歩いていて……。

重要な手がかりに気がついた僕が「そうか！」と声を出すのと同時に、茜は「紙袋なんだけど」と口にしていた。

「ああ、紙袋ね。あれ、何が入ってるの？」

「あ、そっちの話が先でいいよ」と茜が言った。「何か思い出したの？」

「いや、たいしたことじゃないんだけど、僕は地震の瞬間、まっすぐ歩けなくなって、二日酔いを疑ったんだ。それってつまり、前日に誰かと酒を飲んでたってことでしょ？　それも翌日に残るほど大量に飲んだんだ」

「あんまり二日酔いにはならないよね？」

「滅多にならないね」と僕は答えた。「多く見積もっても、一年に一度くらいだと思う」

「それなら、その飲み会のことも覚えてるんじゃないの？」

僕は当時の記憶を巡らせた。三年前によく一緒に飲んでいた友人を思い浮かべる。ゼミの後輩、バイト先の友人、たまたま近所に住んでいることを知った中学の同級生、そして茜。どれも違うと思う。「ダメだ。思い出せない。二日酔いになるほど飲んだ日のことは全部覚えているつもりだったけど」

僕は三月十日に誰とどこで酒を飲んだのだろうか。

自分がそのときのことをすっかり忘れているのならば、それ相応の理由があるようにも思えた。僕は再び、地震があった瞬間のことを思い出す。僕は駅に向かって歩いていた。地震が起きたのは三時前——正確には十四時四十六分だ。

なるほど。まだ手がかりはあった。待ち合わせは十五時だった。つまり、僕は遅刻しつつあった。昔から、僕が遅刻するときの理由はほとんどすべて寝坊だ。十五時の待ち合わせに寝坊するということは、朝方まで飲んでいたのだろうか。僕はあまりそういう飲み方はしない。朝まで飲むなんて、一年に一度もないと思う。

酒を飲みすぎて記憶をなくす、というのならよくわかる。だが、酒を飲みすぎて、飲み会の存在そのものを忘れるなんてことがあるのだろうか。二日酔いになるほど朝方まで飲んだ日のことを、自分がすっかり忘れてしまったとは思えない。

僕の記憶の中にあるいくつもの飲み会の記憶のうち、どれか一つが三月十日のものなのではないか。どれが該当するか覚えていないのは、三月十日の飲み会では地震の話題にならないからだ。その飲み会にいた人たちはみな、明日地震が来ることも知らず、平凡な日常の中で朝まで深酒をしていたに違いない。

店を出てから駅に向かう途中も、僕は自分の頭の中にあるはずの三月十日を探していた。それは空気と同じで、目を凝らしても何も見えなかったが、そこに何かが存在することは間違いなかった。先ほどやったように、地震を起点にして時間を巻き戻そうと努力した。だが、記憶は震災という重力に抗《あらが》えなかった。どれだけ頭を使っても、僕の記憶は三月十一日の午後三時前、大地が揺れた瞬間から始まっていて、そのあとのことしか覚えていない。

新宿駅で茜が「荷物ありがとう」と言った。僕は一瞬何のことかわからず戸惑ったが、右手で茜の紙袋を運んでいたことに気がついた。大きさの割にそこまで重くはなかった。紙袋の上から本が見えたが、中身が全部本というわけではなさそうだった。

「帰るね」と茜は言って、一旦ＪＲの改札を向いてからこちらに小さく手を振った。「焼き鳥美味《おい》しかった。気持ちだけでももらっておく」

「ああ」と僕はうなずいて手を振り返した。今日は帰るのだろう。僕の家は小田急線沿いで、泊まりにくるときは茜もついてきた。「気持ちだけでももらっておく」という言葉が何を意味しているのか少し考えた。そういえば、僕は焼き鳥屋の代金を全額払おうとしたが、茜が粘って結局割り勘になったのだった。相変わらず僕は、背伸びをしようとしている。もしかしたら、まだ学生という身分の自分に負い目があるのかもしれない。

帰り道、僕は茜から紙袋の話を聞きそびれていたことに気がついた。あの紙袋には何が入っていたのだろうか。まあ、覚えていたら今度聞けばいい。

翌日の夜、加藤から飲み会に参加したメンバー全員に「亀だった」というグループチャットが飛んできた。

「なんのこと？」と真っ先に僕が返信した。

「震災の日に買ったチョコ、今の奥さんにあげたやつなんだわ。それで、家であのときの魚のチョコの話したら口論になったのよ」

「どういう口論？」

「奥さんは『魚の味をしたチョコも、魚の形をしたチョコも、一度ももらったことはない』って。で、俺は『あげたはず』って。誰か別の女の話をしてるんじゃないかってややこしい話になって。結局話し合いは平行線だったんだけど、今朝、奥さんが古いスマホから当時のメールを出してきて、そこにチョコの写真が添付してあったわけ。間違いなく亀だったわ」

他の友人たちが続々と返信していく中で、加藤は「あと、三月十日のことも少しわかった」と言った。「奥さんのメールを少し遡って見せてもらったんだけど、三月十日の夜に俺からメールがあって、『今日は東海汽船の面接を受けてきたけど、ミスったから多分落ちた』って書いてあった。三月十日、やっぱり就活してたわ」

加藤の報告を受けて、僕は自分の昔のスマホを調べてみることにした。機種変更のときに下取りしてもらうこともできたが、僕はいつもなんとなく断っていた。その選択のおかげで、三月十日に届く可能性が残されていた。

僕は昔のスマホを求めて、部屋の中を探しまわった。なかなか見つからなかったが、少なくとも捨てたという記憶はなかった。三十分ほど探して、引っ越し以来そのまま開けていなかった段ボール箱から、いくつかの古いスマホを見つけた。一緒に懐かしい漫画も出てきて、二巻まで読んでしまった。このまま夜を明かしそうだったが、今はスマホだ、と思い直して年代別にそれらを並べ、三年前に使っていた機種を特定した。電源を入れようとしたが、もちろんつかなかった。充電しようにも、端子が今の機種と違うものだった。今度は充電器を探した。充電器も捨てた記憶はなかったが、一時間ほど探しても見つからなかった。

目の前に三月十日の手がかりがあった。

僕はいてもたってもいられなくなり、家を出て新宿へ向かった。新宿に着いたのは午後九時半だった。

二軒目の閉店間際の電器屋で、三年前に使っていたスマホの充電端子を見つけた。家に着くと、さっそく充電を開始した。

現役のスマホでは、友人たちのグループチャットが目まぐるしく更新されていた。西垣が「今、昔のメールを調べてみたんだけど」と書いていた。「俺の記憶も嘘だった可能性がある」

「TNデータの本社に寝泊まりしたってやつ？」と加藤が返信する。

「それ自体は間違いじゃないんだけど。揺れた瞬間、ビルの下を地下鉄が通ったと勘違いしたって話したじゃん？」

「したね」

「あの日、ＴＮデータの本社へ行ったのは初めてだったと思ってたけど、それ以前に説明会で一度行ってたわ。会社に行くのが二度目なのに、地震の揺れを地下鉄の揺れだと思うか？」

「たしかにまあ、あの大きな揺れを地下鉄だとは思わないよな」

「たぶんね」と西垣が言う。「たしか、以前説明会に行ったとき、地下鉄でビルの一階が少しだけ揺れたんだわ。そんときに『地震かな？』って錯覚した記憶と、地震のときの記憶が混ざって、地震のときに『地下鉄かな』って思ったって記憶が捏造されてるのかもしれない」

「そんなことあるか？」と岡島が割りこんで、「そうなんだよね」と西垣が返した。

「無意識による記憶の捏造だよね。でも、そうとしか思えない」

僕は「充電できた」とグループチャットに送信して、現役のスマホを置いた。

スマホの電源が入った。僕はメールを必死にスクロールして、過去に遡った。

三月十日に僕が送ったメールは三通だけだった。

一通目は朝の十時に送信したもので、茜に翌日の待ち合わせを確認するメールだった。後半には「今、十九時の回を取れるか調べてみたんだけど、席がいっぱいだった。ごめん」と書いてあった。

三月十一日の三時台に観る予定だった映画に関して、どうやら僕は別の回を取ろうとしたようだった。どうしてだろうか、と考えてみたが、その辺りの記憶は一切なかった。少し遡ると、茜がその三十分前に「明日午後休取れないかも。遅い回にできたりする?」と言っていた。つまり茜の仕事の都合で、別の回に変更しようとしていたのだった。

そこで僕は、なんとなく嫌な感じを覚えた。十九時の回に変更しようとした記憶はなかった。それればかりか、変更しようとすらしていないのに、「席がいっぱいだった」と茜に送った記憶もあった。どうしてそんなことをしたのだろうかと少し考えたが、今は三月十日のことを調べるのが優先だと思い直した。

一通目の僕のメールに対して、午後六時に茜から「なんとか半休取れたから、時間変更はしなくて大丈夫」とメールが来ていて、僕は午後七時ごろに、「それはよかった! 上映は十五時十五分からだから、十五時にバルト9の下で」と返していた。それが二通目だった。茜からすぐに「りょうかい」という返信があり、それ以降の彼女とのやりとりは震災当日だった。

三通目はスノボ旅行に関するものだ。スノボが初めてだという岡島が、何か必要なものはないかと聞いてきていて、僕は「ヒートテックをたくさん持っていけばオッケー」と答えていた。「板もウェアも全部レンタルできるし、特に必要なものはないよ。三月の長野だからそんなに寒くないけど、不安ならウェアの下に着るものを多めに持っていけば」

そのメールは二十三時半に送っていた。推理によれば、岡島へのメールを書いているとき、僕は誰かと酒を飲んでいるはずだが、その相手と三月十日にメールのやりとりはしていない。

それから僕は一週間ほど遡ったが、三月十日の飲み会に関するやりとりは一切残っていなかった。それらしい発信・着信履歴も見あたらない。

つまり僕は、電話でもメールでも待ち合わせをせずに、朝まで二日酔いになるほど酒を飲んでいたらしい。僕が一人で酒を飲みにいくことはないから、誰かと飲んでいたはずだ。でも、その相手とは何の約束もしていないのだ。

そんなことあるだろうか。

僕は考えた末、三つの仮説を立てた。一つ目は、スマホを一切使わずに、誰かと酒を飲んだという可能性。二つ目は、誰かと約束した痕跡を、僕自身が消去したという可能性。

そして三つ目は――

「どうだった？」と加藤が書いていた。

「話せば長い」と僕は返した。「確実なことは、ほとんどわからなかった。岡島が『スノボに何持ってけばいい？』と聞いてきて、『ヒートテック』って答えてた」

「そんなこと聞いた気がするな」と岡島が言った。「結局、まだ一度もスノボに行ってないな」

「来年あたり行こう。失われた時を求めて」と僕は返した。

「大げさだな」と岡島が返したきり、友人たちとのやりとりは一段落した。それがプルーストの作品であることを指摘する友人は一人もいなかったが、もちろん僕も彼らに伝わるとは思っていなかった。

　嫌な思い出というものは、簡単に忘れられるものではない。たとえば僕は、祖父を騙して定期券代を着服していたときのことや、友人同士の交換日記のメンバーから外されて泣いたときのことをよく覚えている。初恋の相手に思いを伝えて「ごめん」と言われたときの心の痛み。こっそりタバコを吸っていたのがバレて父親に殴られた記憶。読んでない本を読んだふりして恥ずかしい思いをしたこと。街中で老人に道を聞かれ、誤った情報を教えてしまったこと。それらは忘れたくても忘れられず、それればかりか、何の前触れもなく、まるで雑踏で急に誰かから肩を叩かれたときのように、唐突に記憶の淵から浮上してくる。そんなとき、僕は立ち止まり、大声で叫びたくなる。このとき感じる漠然とした嫌な感じは、しゃっくりみたいに、自然に「嫌な感じ」自体を忘れ去ってしまうまで消えてくれない。

　でも、と思う。僕は「嫌な思い出は忘れられない」と考えていたが、それは単に「忘れられない嫌な思い出がある」というだけで、実際には多くの嫌な思い出を忘れ去っているのかもしれない。もちろん、僕がどれだけの「嫌な思い出」を忘れてしまったか、数えることなんてできない。「忘れる」とは、そういうものだ。

「忘れる」という現象は不思議だ。僕たちが「忘れた」と口にするとき、多くの場合、僕たちは完全に忘れていない。「忘れる」というのは、何かの記憶が不在であると主張することだが、そこに何かの記憶がかつて存在していたことは覚えている。つまり、「忘れる」とは、一方では

「覚えている」ということでもある。認知症になってしまった祖父は「忘れた」という言葉を使わない。前日に外食に行って食べたピザのことも、「忘れた」ではなく「知らない」と言う。

本当の意味で何かを「忘れた」とき、僕たちは記憶の不在すら忘却してしまう。つまり、「忘れた」という記憶すら忘れてしまうのだ。

プルーストは、たしか記憶には二種類あると言っていた。一つは「意志的記憶」であり、何かを思い出そうとして能動的に引きだす記憶のことだ。試験の問題に答えようとするときや、昨日の夕食に何を食べたか思い出そうとするのがそうだ。三月十日に何をしていたか考えるのもこれにあたる。もう一つは「無意志的記憶」であり、突発的に連想され、浮かんでくる記憶のことだ。『失われた時を求めて』で、紅茶と一緒にマドレーヌを食べたとき、語り手は叔母のことを連想し、そこから当時のことを細部まで思い出している。プルーストは後者にこそ、「失われた時」を見つけだす鍵があると考えたのだと思う。

僕は、三月十日のメールを調べたことをきっかけに、自分の「失われた時」を見つけだしつつあった。その「失われた時」というのは、たとえば徳川第九代将軍の名前を忘れた、という意味で失ったものではなかった。「忘れた」という事実すら忘れ、自分の人生からすっかり抹消していた歴史のことだった。僕は記憶というノートからその事実を消しゴムで綺麗に消し、その消し跡すら消そうとしていた。

三月十日に、僕は何をしていたか。

その答えは近い。

僕は震災当日のメールを見た。意外なことに、あれほどの地震があったというのに、僕たち四人はぎりぎりまでスノボに行こうとしていた。僕たちは「事の重大さを認識して旅行を中止した」のではなかった。旅行会社がツアーの中止を決めたので、渋々中止したのだった。それに母校へ行ったのは、被害を確認するためではなかった。どうせ暇だから学生時代によく食べていた中華の店に行こうということになって、母校の近くに集まっただけだった。そこまで思い出すと、当時の記憶が細部まで蘇ってきた。結局、中華屋だけでなく、どの店も開いていなくて、唯一営業していたファミレスへ行った。その後、時間を持て余したので母校の近くを歩き、隣の駅でボウリングをして解散しただけだった。

震災当日の朝、僕は午前十時に加藤へメールを送っていた。スノボ出発の日、少し早めに集まって、夜行バスが出るまでみんなで酒でも飲まないか、というメールだった。

内容はどうでもいい。問題は、僕が午前十時に、それもそれなりの長さのメールを送っているという事実にある。

はたして、朝まで二日酔いになるほど酒を飲んでいた人間が、そんな時間にメールを送るだろうか。

三月十日前後のメールは、僕が忘れようとして実際に忘れ、その記憶の痕跡を消しかけていた事実を浮き彫りにさせた。当時、茜と僕は友人だった。茜には交際相手がいて、僕もそのことを知っていた。だが僕は、なんとも思っていなかったわけではなかった。明らかに茜に好意を寄せていて、交際相手と別れてほしいと思っていた。

当時茜が付き合っていたのは会社の先輩だった。僕は「配給会社に就職した先輩から招待券を譲ってもらった」と嘘をついて、招待券を金券ショップで買っていた。配給会社に就職した先輩なんていなかった。

三月十一日の午後三時十五分の回に映画を観ることは、僕にとって大きな意味を持っていた。その回を観るためには、茜は半休を取らなければならない。茜が半休を取れば、同じ会社の彼氏はそのことを知るだろう。当時、茜は彼氏と喧嘩をしていた。彼氏は茜に、僕と会うなと言っていたのだ。半休を取って映画を観れば、喧嘩がよりこじれると思ったのだろう。だから僕は、午後七時の回に変更するわけにはいかなかった。だから、十九時の回は席が空いてなかったと嘘をついた。我ながら姑息な手だと思う。

『失われた時を求めて』のジルベルトの話だって、その姑息さの一部だろう。僕はジルベルトという気分屋の女の子と語り手の恋を、茜と自分に置き換えていた。だからその話をしたのだと思う。それに、二人の恋の結末まで偽っていた。ジルベルトと語り手は、結局うまくいかなかったはずだ。

結果的に僕はこの戦争に勝利して、茜と付き合うことになった。だがそれは大義名分のある自衛戦争ではなく、単なる侵略戦争だったのだ。そして侵略戦争の当事者にはありがちなことだが、僕は自国の歴史を改竄《かいざん》した。そして、これまたありがちなことだが、改竄の事実すら消そうとしていた。「三月十日」という空洞は、僕にそのことを教えてくれた。

そんなとき、茜から「今晩時間ある？」という連絡が来た。

「大丈夫」と返し、僕たちは新宿で集合することにした。新宿へ向かう途中、僕は自分が何か重要なことを忘れているのではないか、という気分になった。茜との歴史を改竄していたという事実は、それにはあたらないだろう。もしかしたら僕は、それ以外にも多くの記憶を自分の都合のいいように改竄しているのかもしれない。そう考えると、とてつもなく不安になる。

紙袋のことだ、と思い出して、とりあえず僕の気分は晴れた。今日は、あのときの紙袋について忘れずに聞かなければ。

珍しく茜が店を指定してきた。茜は今日も紙袋を持っていた。郵便局の近くにあるホテルの一階で、食事をするというよりはカフェのような店だった。

僕はなんとなく、茜に謝りたい気分だった。何をどう謝ればいいのかわからなかったし、今さら当時の話を蒸し返すわけにもいかないと思ったが、少なくとも僕は自分を偽っていたし、そのことが重石《おもし》となって心の底に沈んでいた。

震災の日、茜は昼から会社を休んで別の男と映画を観に行った。あの非常事態で、彼女の隣にいたのは彼氏ではなく僕だった。直接的に関係しているかはわからないが、震災によって何かが引き裂かれ、何かが結びついたという可能性もあった。

僕は謝らなければいけない。茜に。そして何かに。

コーヒーを注文してから、僕は「どうした？」と聞いた。茜はどことなく焦っているように見えたし、食事の注文もしなかった。何もかもがいつもと違っていた。

「これなんだけど」と茜が紙袋を机の上に置いた。

「ああ、それなんなの？　前は聞きそびれたけど」

「借りてた私物」と茜が言った。僕は「見ていい？」と聞いた。茜がうなずくのを確認してから、僕は紙袋の中身を検《あらた》めた。『深い河《ディープ・リバー》』があった。茜が遠藤周作にハマるきっかけになった本だ。僕が貸して、茜は震災の日にそれを読んでいた。付き合う前、僕は茜にたくさんの本を貸した。テッド・チャンの『あなたの人生の物語』はSFがあまり好きではない茜に好評だった。満を持して貸した『グレート・ギャツビー』は、僕がもっとも好きな本だったが、茜には不評だった。「登場人物が多すぎてわからなくなる」という理由だった。「一緒にやろう」と言って二本買って渡したまま、結局僕がプレイしなかったモンスターハンターや、着替えがなかったときに貸したTシャツなんかも入っていた。

「懐かしいなあ」とひとつひとつ確認しながら、僕は顔を上げた。茜が号泣していた。

三月十三日、スノボに行く予定だった日、高校の同級生たちとボウリングをして、暗くなる前に僕たちは解散した。駅前にはほとんど人がいなかったし、多くの店が閉まっていた。なんとなく白けた雰囲気があった。

大きな地震があったが、僕の日常にあまり変化はなかった。学生の一人暮らしだったので、仕事への影響というものもなかった。

そんな自分が嫌になって、ボウリングから帰宅すると、僕はYouTubeにアップされていた震災の動画を見漁った。いろいろな人がいろいろな動画を上げていた。再生数の多いものもあれば、少ないものもあったが、僕はネット上にあった震災関連の動画を可能な限りすべて見た。

若い女の子が、山の上に向かって走りながら「走って！　おばあちゃん、津波が来るよ！」と叫んでいる動画があった。でも、おばあちゃんは「これでも急いでるんだよ」という表情で女の子を見つめ返した。画面の前の僕も、女の子と同じ思いで「走って！」と祈るが、おばあちゃんの足取りは変わらなかった。そして、数秒後に津波が来た。津波を逃れた女の子の姿は見えたが、おばあちゃんの姿は確認できなかった。

警報が鳴り響く中、玄関の前で老いた女性が「早く支度して！」と怒鳴っている動画もあった。どうやら夫がいろいろな荷物を運びだそうとしていて、避難が遅れているようだった。僕も老いた女性と同じ気持ちで「早く支度して！」と思う。でも、いつまで経っても夫は家から出てこない。どうして、と思うのと同時に、そういうものだ、という気持ちが生まれる。同じ状況にいたら、僕だってあれこれと持ち出そうとするだろう。あれだけ大きな、すべてを飲みこむ津波が来るとは想像もしないと思う。震災の二日後にスノボに行こうとしていた人間が、家から出てこない夫を責めることはできない。

僕は五日間、そうやって動画を見続けて過ごした。その間僕は誰にもメールを返さなかった。すべてスマホに残っていた事実だ。

茜は泣きながら、さまざまな「別れる理由」を並べた。「忙しい」とか、「あなたには相応しくない」とか。僕はそれらの話をあまり聞かずに、「ゴリちゃん」が電車の中で言っていたことを思い出していた。茜は、おそらく震災のときに付き合っていた会社の先輩とやり直すことになったのだろう。今思えば、兆候はいろいろあった。茜は最近よく、先輩と食事に行っていた。僕はそのことについて何も口出ししなかった。そもそもその先輩が、茜が僕と会うことに反対して喧嘩になり、別れる一因になったのだ。茜が先輩と会うことを僕が反対する道理はない。

最近の僕はずっと、起こりつつある災害の中にいたわけだ。そんな中で、僕は呑気にもいろいろな荷物を持ち出そうとしていて、結局避難することができなかった。三月十日に何をしていたか調べていた僕は、自分が今まさに三月十日を過ごしているという想像ができていなかった。

僕は「わかった」とだけ言って、紙袋を持って店を出た。店を出てから真っ先に後悔したのは、茜の心の変化に気がつかなかったことではなく、こっそり会計をしておくべきだったのでは、という点だった。

帰りの電車の中で、僕は友人たちのグループチャットを開いて「結論から言う」と書いた。

「三月十日、僕は何もしていなかった」

すぐには誰からも既読がつかなかった。それでも僕は続けた。

「地震のとき、僕は『二日酔い』を疑っていて、待ち合わせには遅刻しつつあった。そこから、朝まで酒を飲んでいたはずだと推測した。でも僕は誰とも約束をしていないし、震災当日の午前十時には加藤にメールを送っていた。僕は朝まで酒を飲んでなんていない」

僕は文面を少し考えてから「では」と書いた。「なぜ僕は『二日酔いを疑った』という話を覚えていたのだろうか。これは推測だが、まずそのころの僕は、単に昼夜が逆転していて、午前十時くらいに寝て午後六時くらいに起きる生活をしていた。メールのやりとりがそれ以外の時間に集中しているからだ。でも、待ち合わせた女の子に『寝坊した』と正直に言うのが恥ずかしくて、『二日酔い』のエピソードを捏造した。その話をいろんなところでし続けた結果、それが本当のことだと思いこんだ。そのあたりは西垣と似ている」

実は、そのとき映画を観るはずだった女の子と付き合うことになった。で、さっき別れた。僕は迷った末、その事実は報告せず、「以上」とだけ書いた。

三月十日、僕は何もしていなかった。

僕はその言葉を心の中で何度か繰り返した。正確ではない。人間は生きていれば呼吸をするし、食事も睡眠も、排泄もしただろう。何もしない、なんてことはあり得ない。

三月十日、僕は記憶に残るような、あるいは後から振り返って確認できるような特別なことは、何もしていなかった。家で、一人で、夜更かしをした。太平洋のどこかでは、プレートの歪みが着々と大きくなっていた。僕はそんなことも知らず、何もしなかった。

電車がいつの間にか最寄り駅に着いていた。僕は急にまっすぐ歩けなくなって、近くの椅子に座った。地震があったわけではないし、二日酔いでもなかった。

帰宅する人々をぼんやりと眺めてから、紙袋を握りなおして僕は立ちあがった。

小説家の鏡

西垣と会うのは一年ぶりだった。西垣と僕は高校の同級生で、友人たちの中で二人だけ独身のまま三十歳になった。僕は西垣にだけは先を越されないという妙な自信を持っていた。それは女性にモテるとかモテないとか、そういうこととは違う次元の話だった。西垣は大手の商社に勤めていたし、見た目だって悪くなかった。だが、僕の友人の中では五本の指に入るほど変わった人間だった。

学生時代、僕は西垣ともう一人の友人と三人で旅行の約束をしたことがあった。僕は前日夜勤のバイトをしていて、約束の時間を寝過ごした。待ち合わせには六時間遅刻した。もう一人の友人はひどく怒っていたが、西垣は「待ってる間にパチンコで大勝した」と言って、一グラムの純金をプレゼントしてくれた。そういう突き抜けて大らかというか、世間の常識に縛られない男だった。彼の口から女性の話はあまり聞かなかったし、実際に何年も彼女がいなかったりした。西垣が誰かと結婚して、家庭を築くというイメージは湧かなかった。なんとなく、西垣よりは僕の方が先に結婚するだろうと思いこんでいた。

だが、その直感は当たらなかった。西垣が結婚したのは一年前だ。僕は相手の恵梨香《えりか》さんのことをよく知っていた。というか、僕のおかげで結婚したと言ってもいいくらいだった。

恵梨香さんは西垣の取引先の社員で、上司を交えた飲み会の席で初めて会ったらしい。彼女の趣味が読書であることを聞きだした西垣は、「高校の同級生に作家がいる」と言って、僕の名前を挙げた。たまたま彼女は僕の小説を読んでいて、たまたま僕の作品を気に入っていたようだった。そのことを知った西垣は、僕を交えて三人で食事をしようと誘い、まんまと恵梨香さんと再会する機会を作った。背の高い美人で、知的な女性だった。たしか平野啓一郎とミランダ・ジュライが好きだと言っていた。彼女と僕が二時間ほど小説の話をしている間、西垣はニコニコした地蔵のように一言も喋らず座っていた。西垣はほとんど本を読まないし、僕の作品だって一冊も読んでいなかった。

「仕事が残っている」と言って、僕は彼女が持参した付箋だらけの自著にサインをして途中で帰宅した。作家の「仕事が残っている」と「明日朝が早い」は、飲み会から首尾よく脱出するための嘘であることが多い。ほとんどの作家は酒を飲んでから仕事はしないし、午前中に予定が入ることも滅多にない。例に漏れず、その日の僕は嘘をついた。これ以上彼女と話していたら自分が好きになってしまい、面倒なことになってしまうかもしれないと思ったし、何より会話に参加できない西垣に申し訳ないと感じたからだった。

帰り道に思い直した。僕は言わば体《てい》良く利用されたわけで、少なくとも西垣に対して申し訳ないと感じる筋合いなどないのだ。もし西垣が彼女とうまくいかなかったときに、僕が名乗り出る権利だってあるだろう。しかし、心のどこかで、きっと西垣は彼女とうまくいくだろうと思っていた。彼らは読書という趣味を共有していたわけではなかったが、なんとなく波長が合っているというか、お似合いの二人なのではないかという気がしたのだ。

その直感は当たった。僕を交えた食事の日以来、彼らがどのような経緯をたどったのかはよく知らないが、それから一年ほど経って二人の結婚式に呼ばれた。僕は披露宴で生まれて初めてスピーチを行った。二人の出会いにまつわる話や、旅行の日に西垣からもらった純金の話をした。スピーチの最後に、僕が当時受けとった一グラムの純金を「十年間で千五百円値上がりしました」と言って西垣に返した瞬間、会場はそれなりに沸いたと思う。

西垣はその年、毎年やっていた高校の忘年会を新婚旅行で欠席した。それもあって、結婚式以来、彼とは一度も会っていなかった。

西垣から「相談がある」という連絡が来たときは少し驚いた。僕は他人に相談をされた経験がほとんどなかったし（たぶん何かを相談したくなる人間ではないのだろう）、そもそも西垣が誰かに悩みを相談しようとすること自体が意外だった。

待ち合わせをしていた新宿の飲み屋に向かう間、僕は「恵梨香さんのことだろう」と考えていた。会社員経験のない僕に転職の相談をしても何も有益なことは引きだせないし、三十を過ぎるとプライベートの人間関係で悩むことも少なくなる。仕事関係のことではないし、友人関係のことでもないとなると、おそらく家庭の問題だ。西垣と彼の妻の両者をよく知っているのは僕しかいない。もしかしたら離婚の話かもしれない。もともと何を考えているかわからない男だった。西垣だったらあり得る話だと思った。

道に迷い、三分ほど遅れて店に着くと、西垣は奥の座敷でビールを飲んで待っていた。

「久しぶり。もう始めてるぞ」

僕に気づいた西垣がそう言った。

「ああ、ごめん」

西垣は特に気にする様子もなくビールを飲み干すと、商社マンらしい口調で「どうなの、最近は」と聞いてきた。

「ずいぶんザコい質問だな」

僕が率直に言うと、西垣は「まあそう言うなよ」と笑った。

「ぼちぼちじゃないかな」

「やっぱあれか、『生みの苦しみ』みたいなやつってあるのか?」

聞いておきながら自分の質問にあまり興味がないようで、西垣は僕の答えを待たずに近くを通った店員を呼んだ。

「なんだよそれ。そんなのないよ。そもそも、苦しみたくないからこの仕事してるんだ」

「そういうもんか。なかなかアイデアが天から降りてこなくて、夜中に散歩に出たりするんじゃないのか？」

「どこで聞いた話だよ。少なくとも僕の場合はないね」

小説を書いたことのない人によく聞かれる話だ。アイデアはどのように生まれるのですか。僕に関して言えば、これまで小説のアイデアが天から降ってきたことは一度もなかった。アイデアはパズルのピースのようなもので、常に自分の心の中にいくつも存在する。それらのピースを組み合わせてようやく小説のアイデアになる。構想を練っている期間の多くは、うまくはまらないパズルのピース同士を無理やり重ね、重なった部分を切りとったり、空白部分を埋めたりして見栄えを整える時間に費やす。こねくり回している間に、段々とアイデアの形になってくる。

「そうか」

西垣はこれ以上、その話を広げるつもりもないようだった。僕はビールを注文してから「恵梨香さんのことじゃないの？」と言った。

「何が？」

「相談って」

意外なことに、西垣はびっくりしたようだった。「どうしてわかった？」

「いや、それくらいしか思いつかないから」

「小説とか書いてると、人の心が読めるようになるのか」

「心を読む必要なんてないよ。三十過ぎた既婚者の悩みなんて、だいたい仕事のことか家庭のことだろ。仕事のことを僕に相談することもないだろうし、消去法だよ」

「そう言われるとその通りなんだけど」

注文したビールが来た。乾杯してから、僕は「で、何があったの？」と聞いた。実際に僕は何があったのか気になっていた。西垣が誰かに相談したくなるようなこととは、どんな内容なのだろうか。

「気になる？」

「話す気がないなら帰るぞ」

僕が冗談で立ちあがる素振りを見せると、西垣が「待てって」と言った。「恵梨香が最近、小説を書いてるんだよ」

想定していたわけではなかったが、その事実自体はそれほど意外ではなかった。彼女と小説の話をしたときに、描写のバランスだとか場面の転換の仕方だとか、妙に技術的な質問も含まれていたことを思い出した。それに、彼女は僕の小説に付箋を貼っていた。僕の小説から技術的に学べる点はあまり多くないと思うが、何かを盗もうと本気だったというわけだ。

「いいじゃんか。小説を書くのには金もかからないし、それに彼女、本当に小説が好きそうだったし」

「いや、それだけだったら全然構わないんだ。趣味の範囲でやってくれるならね。それが最近、仕事を辞めて執筆に専念したいと言われてさ」

恵梨香さんは大手の食品会社で営業職をしている。それなりの収入ももらっているだろう。

「仕事を辞めるっていうのはあまり感心しないね」と僕は率直に答えた。「正直に言って、専業の小説家になるのはかなり大変だよ。実力の問題以前に運も大きく絡むからね。僕は幸運だったから今はこうして専業でやっていけているけど、それでも仕事の依頼がある程度増えるまでは大学で研究を続けていたわけだし」

「その話、お前の口から本人に言ってやってほしいんだよ」

「気が進まないなあ。他人の人生に口出ししたくないし。それに、仕事を辞めるっていうのも、そもそも今の仕事が嫌なだけなのかもしれない。そういう話はないの？」

「仕事が嫌だって話は聞いたことないな。まあ、俺に話してないだけなのかもしれないけど。もう辞めるんだって決めちゃってる感じで、俺が何を言っても聞いてくれなくてさ。あいつ、多分お前の言うことなら聞くと思うんだよ。このままだと本当に退職届を出す流れになっちまう」

「あんまりそういう人には見えなかったなあ」

お通しの漬物を摘みながら僕はそう言った。どこか違和感があった。恵梨香さんとは二回しか会っていなかったけれど、夢のためにすべてを捨ててしまうような人には見えなかったし、自分の立場や能力について客観的な視点を持っているように思っていた。彼女と会ったとき、職業としての小説家がいかに大変か、そういう話もした。彼女にどれくらい才能があるのかはわからなかったが、少なくともなんの勝算もなく、十年勤めた会社を突然辞めるような人だとは思えなかった。

「なんかの賞を取ったり、出版が決まってから仕事をどうするかまた話し合うってことじゃダメなの？」

「俺もそんな感じの提案をしたんだよ。仕事を辞めるのは、ある程度結果が出てからでいいんじゃないかって。お前の話もいろいろ聞いてたしさ。そしたら『今の環境だと自分の実力が発揮できないから』って言われて。『貯蓄があるから家賃も生活費もこれまで通り半分払うし、金銭面で迷惑はかけない。貯蓄が尽きたらまた働く』ってさ」

「うーん、そこまで言ってるんだったら、止める理由はないように思う」と僕は言った。「誰かに迷惑をかけるわけでもないなら、成人した大人が自分の金と時間をどのように使おうが自由だと思うし。その使い方がどれだけ馬鹿げたことに見えても、僕みたいな部外者が口出しするようなことじゃない。君たち二人の間で解決してくれよ」

　これは僕の主義というか、他人の人生にあまり口出しをしたくないという気持ちを常に持っている。それはきっと、自分の人生は他人に口出しされたくないという気持ちの裏返しなのだけれど、たぶんその性格のせいで、これまで他人から相談されることがほとんどなかったのだろう。何を聞かれても「好きにすればいいんじゃない」としか言えないのだ。

「おいおい、そんな冷たいこと言うなよ。俺だって困ってるんだ」

「お前が困ってるのはわかるよ。でもこれは夫婦の問題で、僕が介入する話じゃない。すまん、力にはなれないと思う」

「小説家がいかに大変かって話だけでもいいからさ」

「それくらいなら話すけど、同時に小説家がいかに素晴らしいかって話もするかもしれない。無能な上司やウザい同僚もいないし、満員電車に乗る必要も、気の進まない飲み会に参加する必要もない」

「それならせめて、あいつが書いた小説を読んでやってくれよ」

「昔、一度だけそういうのを引き受けたことがあるんだ。大学の友達の兄が小説家志望で、純文学の新人賞に十五年間落ち続けているみたいだった。それで原稿を読んだ。ある小説家志望の男が、どこから湧いたかもわからない金でフランスを旅するんだ。聞いたことのない地名の旅先がいくつか出てくるんだけど、まあ全部似たような展開だ。バーで美女に出会い、一晩を共にする。なぜか女はすべて処女だ。何かの象徴なのか、セックスの最中にいつもかならず雨が降る。ネットで類語辞典でも調べたのか、難しい種類の雨が降るんだ。叢雨《むらさめ》とか驟雨《しゅうう》とか凍雨《とうう》とか屢雨《しばあめ》とか。セックスをしながらフランス人の女と『叢雨が降ってきたね』『そうね』みたいな会話をする。読んでる間は、次にどんな種類の難しい雨が降るのか予想することだけが唯一の楽しみだったね」

「さすがにそれは厳しいものがあるね」

「まあ率直に言えば駄作だね。しかも驚くべきことに、作品の半分はウィキペディアで集めたようなフランスワインの薀蓄《うんちく》で構成されてるんだ。ブルゴーニュの土壌がどうのこうの、みたいな。最後まで読み終えたあと、生まれて初めて自分に作家の才能があるんだと気づいたよ」

「で、お前はどうしたんだ？」

「迷ったけど、正直な感想を伝えたよ。さすがに駄作だとは言わなかったけど。『セックスをするとかならず雨が降る特殊能力の持ち主が、干魃《かんばつ》被害にあったブルゴーニュでサンデーサイレンスみたいに女とセックスをしまくって雨を降らせ、最高のロマネ・コンティを醸造してフランスワインを救う小説に変えたらどうか』っていう具体的なアドバイスも書いた。もちろん留保はつけた。『これは僕の個人的な意見だし、選考に携わっている人は僕と同じように考えないかもしれない。それに僕は平均的な読者ではないから、僕の意見を参考にしなければならない、ということでもない』って」

「で、どうなったんだ？　Twitter で悪口でも言われたか？」

「それならまだよかったよ。彼は筆を折ったんだ。もう小説を書くのをやめたらしい。それ以来、僕はそういう頼みは断るようにしてるんだ。だから恵梨香さんの小説も読まないよ」

「そんなあ」

西垣は諦めたのか、それきり恵梨香さんの話をしなくなった。

僕たちは酒を飲んだり料理を食べたりしながら、お互いの近況についてなんとなく話をした。お世辞にも盛りあがっているとは言えなかった。僕たちはそもそも、互いの近況の上手な話し方みたいなものを知らなかったし、あまり興味のない話を楽しげに話す技術も持ち合わせていなかった。西垣はゴルフとサウナしか興味がなかったし、僕はゴルフにもサウナにも一切興味がなかった。そういうわけで、西垣がトイレのために席を立ったときも、僕は恵梨香さんのことを考えていた。何かモヤモヤした、違和感のようなものが残っていた。そしてその違和感の正体はおそらく「恵梨香さんのような現実的な人が、仕事を辞めて小説を書く、という思いきった決断を下そうとしていること」だけではなかった。

西垣はなかなか戻ってこなかった。僕は腕を組んで考えた。何がおかしいのか。そもそも、この飲み会自体がおかしいのではないか。西垣が僕に「相談がある」と言ってきたことだ。たしかに相談の内容は僕にしか答えられないような内容だったが、それにしてもあの西垣が「妻が仕事を辞めようとしている」という話で他人の力を頼ろうとするだろうか。恵梨香さんは自分の意思で、自分の金を使い、自分の時間と自分の努力で小説を書こうとしている。西垣のような寛容な男が、その決断に反対するだけでなく、僕に頼って解決しようとしていることがおかしいのではないか。

「うんこじゃないぞ」

いつの間にか戻ってきた西垣がそう言った。「四人も並んでたんだ。漏れそうだったよ」

「なあ、少し考えたんだけどさ」

「何？」

「どうしてお前は反対しようと思ってるの？」

「恵梨香のこと？」

「そう。大人が自分の意思で、自分の金を使って新しいことをしようとしてるわけじゃんか。お前がそれに反対するっていうのが、なんか平凡すぎる気がしてさ。いやもちろん一緒に生活しているわけだし、そんなに単純な話でもないんだろうけど」

「そりゃ自分の意思だったら、俺も反対なんてしなかったと思うな」

「どういうこと？」

「唆《そそのか》されたんだよ」

「誰に？」

「青山のオーラリーディング占い師だよ」

「オーラリーディング？」

その言葉を聞いて、僕の中でこれまで抱いてきた考えが反転した。

一瞬で頭に血がのぼるのがわかった。青山のマンションの一室、赤い天幕が吊るされた部屋に恵梨香さんが入っていく姿を想像した。派手に着飾った短髪小太りの中年が座っていて、「私にはあなたのオーラが見えます」と言葉をかけるのだ。

腹が立っていた。

僕は基本的に他人の人生に関心はない。他人がどんな人生を歩もうが、その人の自由だと思っている。だが、インチキ超能力者、占い師やスピリチュアルの類だけは許せなかった。やつらは話術やトリックを使って人間の弱みにつけこみ、中身のない話で信用を得て、超能力を騙《かた》って金儲けをしているのだ。まっすぐ生きてきた人々が、そういうやつらに集《たか》られるのを見過ごすわけにはいかなかった。

「会社の同僚に勧められたみたいで、半年くらい前から青山のそのオーラリーディング占い師のところに通っててさ。超能力者としてテレビにも出てる人らしいんだけど、『本当によく当たるんだ』って。俺も知らなかったんだけど、恵梨香が学生時代に小説家を目指していたことも当てたみたいだし、新婚旅行でハワイに行ったことも当てたんだって。子どものころに川遊びで怪我をして頭を縫ったこととか、兄とあまり仲が良くないこととかも。最近課長が異動になったこととか、イタリアンで隣の席の人がグラスを割って自分にワインがかかったことも実際にそうなる前に当てたって。どうやらその占い師が妙な入れ知恵をしてるみたいなんだ」

「その話を最初にしろよ」と僕は言った。「彼女が詐欺師に騙されて仕事を辞めようとしてるんだったら話は違うな。お前は絶対に恵梨香さんを説得すべきだし、僕も可能な限り力になる」

「いや、お前の小説、超能力者とか出てくるんだろ？　恵梨香にお前の小説の超能力者のシーンを突きだされたことがあったからさ、てっきりお前もそういうのを信じてるんだと思って、これまで伏せてたんだ」

「信じてるわけないだろ。自分が信じてることと、小説で書くことはまったく別の話だ。あんなの全部詐欺だよ。手相だかタロットだか四柱推命だかオーラリーディングだか知らないけど、占い師なんてやつはみんなインチキだね」

「みんなってことはないだろう。中には本物だっているはずだ」

「いいや、みんなだね」と僕は反論した。「この世のあらゆるものごとに対して、『みんな』とか『全部』とかは成立しない。人それぞれだと思うし、そういう表現は僕も大嫌いだ。でも、占い師だけは例外なんだ。『中には』なんて表現は生ぬるいし、やつらに隙を見せることになる。全員詐欺師だよ。一人残らずみんなインチキだ」

「占い師に家族でも殺されたのか？」と西垣が笑った。

「そんな気がしてきたね」

「まあ、お前がそう思ってるなら話は早いな。恵梨香はその青山のオーラリーディング占い師に騙されてるんだ。本人に言うと『自分で決めた』って言い張るんだけど、そいつのところに通いはじめてから突然『仕事を辞める』って言いだしたからな。きっと『傑作が書けるペン』とかを高額で買わされたりするんだ」

「間違いないね。恵梨香さんが仕事を辞めるかどうかは別にして、彼女がオーラリーディングのゴミ屑糞野郎を信じてしまっている現状はなんとかしないといけない」

ついさっきまで静かだった飲み会が急に盛りあがってきて、僕たちは前のめりで作戦を練ることにした。

どうやって恵梨香さんの洗脳を解くか、という話だ。西垣の話では、恵梨香さんはそのオーラリーディング占い師を「百パーセント信頼している」らしい。占い師に従って部屋の模様替えをしたり、休日の過ごし方や食事のメニューを決めたりしている。その占い師は「オーラリーディング能力でいろんなことを見通せる」と千里眼を自称し、恵梨香さんの過去を当て、現在を当て、未来を当てた。最初は西垣も占い師のオーラリーディング能力を「すごいなあ」と感じるだけだったが、恵梨香さんの口から「仕事を辞める」という話が出てから疑うようになった。「お前、騙されてるぞ」と彼女に言ったせいで、最近では恵梨香さんもオーラリーディングの話をしようとしないが、今でも週に一回は通っていて、調べたところ一回三十分のセッションで二万五千円を支払っているらしい。

一通り話を聞き終えてから「目標は、恵梨香さんに小説家の夢を諦めさせることではない」と僕は言った。「彼女の洗脳を解くことだ。そうでないと、無理やり小説家の夢を諦めさせたところで、またそのなんちゃら占い師に唆されて、『仕事を辞めてシンガーソングライターになる』とか言いだすかもしれないからね」

「それはまあ、その通りだな」と西垣がうなずいた。

「要は、恵梨香さんはその詐欺師の能力を信用してるから、そいつのアドバイスを受け入れているわけだ。だから、その能力が偽物だってことを証明すればいい」

「でもどうやって？　俺が聞いた限りだと、そいつは本当にオーラを読んで、過去や未来を当てるみたいなんだ」

「そんなわけないだろ。本当にオーラが見えるなら、占い師なんてやらずに馬のオーラを見て競馬でもやるか、パチンコ台のオーラを見て設定6の台で打って金持ちになってるよ」

「じゃあ、どうやって俺たちが新婚旅行でハワイに行ったことを当てたわけ？」

「実際の手順を見てみないとわからないけど、概ねこんな感じだ。『水のオーラが見えます。あなたの大事な思い出の中に、水のようなものがあるのでしょう。あなたは大切な人と、水のそばにいます。そのような記憶に思い当たるものはありませんか？』それで、恵梨香さんは新婚旅行を思い浮かべて『あります』とうなずく。『あなたは成人していますね？』『はい』『あなたは大切な人――家族と旅行をしている』『その通りです！』『新婚旅行でしょうか』『はい！』とまあ、そんな感じだよ。水って言っておけば、大抵のことが当てはまる。海でも川でも、雨の日の思い出でもいいし、この飲み屋にだって酒という水が置いてある。水道橋や御茶ノ水、池袋みたいな地名でもこじつけられる。どんな思い出でもいい。何かを思い出したら、ほとんどかならず水に関係するものが登場する」

「でも、新婚旅行だとか、ハワイだとかの特定はできないだろ」

「特定したとは限らないさ。すでに夫が商社マンだってことは聞きだしてるだろうし、新婚だって知ってたら旅行の種類も想像できる。これは完全に偏見だけど、商社マンの新婚旅行なんてだいたい海外だろ。『水』に対して思いっきり肯定したなら、ビーチのあるリゾート地だってことくらい想像できる。あとはバリとかハワイに絞って、どっちも該当しそうなことを適当に言ってればいい。もちろん、こういうやり方だったかはわからないけど、それくらいの透視なら僕にでもできる」

「ハワイについてはまあわかった。でも、未来についてはどうだ？　課長が異動したり、ワインがかかったことを当てたっていうのはどうなんだ」

「恵梨香さんが勤めてる企業について調べれば、人事異動の時期くらいわかるだろ。もっとも、ほとんどの会社は年度末に人事異動をするわけだし、その必要すらないかもな。当て勘で人事に関する予言をいくつも出しておけば、外れた予言についてはすぐ忘れてしまうからね。もしかしたら、恵梨香さんにオーラ占い師を紹介した会社の同僚から、すでに会社内部の話を聞きだしていたのかもしれない。そこらへんは実際にセッションの内容を聞いてみないとわからないけど」

「なるほど。じゃあワインは？」

「どうせ『透明な、ガラスのようなオーラが見えます。近いうちに、あなたの周りでガラスに関する事故が起こるでしょう』みたいなことを言ったんじゃないかな。こういう言い方をすればだいたい当たるんだ。ガラスは窓ガラスでもいいし、グラスでもいい。サイドミラーでも鏡でも、水槽でもメガネでもいいし、氷やアクリルだって含まれる。『近いうちに』っていうのも、どれくらいの期間か明言されてない」

「そういうことだったのか。今の話、お前の口から恵梨香に言ってくれよ」

「それじゃダメだ」と僕は首を振った。「実際に占い師がどう言ったかはわからない以上、逆効果になってしまうかもしれないしね。僕が言ったような手口以外にも、無数の手段で予知もどきはできる。『私はそんな話をされなかった』と言われて手詰まりになる可能性がある」

「じゃあ、どうすればいい？」

「お前が行くしかないんじゃないかな」と僕は言った。

「行くってどこに？」

「青山だよ。占い師と直接対峙して、インチキだってことを暴く。その様子をすべて録音する。録音を恵梨香さんに聞かせる」

「そんなこと俺にできるか？　お前がやってくれよ。金は出すからさ」

「大丈夫。インチキ超能力者の対策は僕が伝授する。ちょっと勉強すれば誰も引っかからないよ。それに、恵梨香さんは僕の個人的な情報を知らないから、僕に対するオーラリーディングが間違っていたところで説得力があまりないだろう。自分がよく知ってる人間に対して占いを外すから意味があるんだ」

「まあ、それもそうだな」

その後、僕は西垣にレクチャーをした。

まず、恵梨香さんにはオーラリーディング占い師のところへ行くことを黙っていること。先回りして占い師に「夫が行く」という話をされてしまえば、インチキを暴くのは難しくなる。あくまでも恵梨香さんとは無関係の第三者としてセッションを受けなければならない。そのためにも、かならず偽名で予約をすること。恵梨香さんはオーラリーディング占い師に夫の話をしているだろう。もしかしたら「最近、ここに通うことを夫に反対されている」という話までしているかもしれない。西垣という苗字で予約すれば、恵梨香さんの夫であることや、インチキを暴きにきたことを見抜かれてしまうかもしれない。その点だけは気をつけなければならない。

次に、そのオーラリーディング占い師のところに行くことになった経緯を捏造した。占い師が出演したテレビ番組を見たということにした。女手一つで自分を育ててくれた母が亡くなって以来、漠然とした不安がいつまでも拭《ぬぐ》えないという設定を作った（西垣が母子家庭だという話は事実だったが、彼の母は今も元気に生きている）。

その後は具体的な技術に関するアドバイスをした。インチキ占い師は、ほとんどの場合「コールドリーディング」という技術を使っている。オーラリーディングというものは特性上、まず間違いなくこの技術によるものだろう。具体的には、まず誰にでも当てはまる無内容なことを言って信用を得ようとする。「あなたは本来内向的ですが、ときとして外向的な面を発揮することがあります」だとか、「あなたは思いやりにあふれた人ですが、ときおり利己的になることがあり、そんな自分に思い悩んだりします」だとか、「あなたは努力して自分の能力を向上させたいと常に思っていますが、かならずしもその通りにいかず、だらけてしまう自分の傾向をよく知っています」とか、そういったものだ。これらの「千里眼」は無内容だ。矛盾する二つの傾向をどちらも提示して、誰にでも当てはまることを言っているにすぎないが、人間は簡単に「当たってる」と騙されてしまう。そのようなことを言われた場合は「結局どっちなんですか？」と質問すればいい。「内向的なのか外向的なのか、はっきり言ってください」と。

あるいは、占い師は「あなたの大事な思い出の中に、水のようなものが見えます。あなたは大切な人と、水のそばにいます。そのような記憶に思い当たるものはありませんか？」みたいな言い方で、誰にでも当てはまる事実を言う。質問に対するこちらの反応を見ながら徐々に範囲を絞っていき、最終的に答えにたどり着こうとする。そういうときは「『水のようなもの』とはなんですか？　海ですか？　川ですか？　それとも飲み水ですか？　『大切な人』とは誰ですか？　友人ですか？　親ですか？　恋人ですか？　『記憶』とは何年前ですか？　一年前ですか？　十年前ですか？」というように、相手の曖昧さを許さないようにする。そうすれば占い師は困るだろう。

そして多くの占い師が得意とする口上は「あなたには本来、創造的な才能があります」というものだ。「以前のあなたに何か障害があり、自らの創造的な能力を十分に発揮できなかった過去を持っています」そんなことを口にする。場合によっては「昔、何かの楽器を習っていたのではありませんか？」という文言が入る場合もある。ほとんどの人は何かの楽器を習っていた経験を持っているし、自分には創造的な能力があるはずだと思いこんでいる。そういった自尊心をくすぐり、信用を得るのだ。恵梨香さんにも同じことを言ったのだろう。彼女はその言葉によって作家になりたいという気持ちを強くしたのではないか。

「結局のところ」

様々な手口についての詳細なレクチャーを終えてから、スマホで必死にメモを取っていた西垣に向かって僕はそう言った。「インチキ超能力者たちは、透視をするふりをしながらさりげなく質問をして、こちらから情報を引きだし、その情報をあたかも自分が透視したように見せつける。そうやって情報を密輸入する技術ばかり磨いている。透視に失敗したときは『あなたが忘れてしまっているだけだ』とか『あなたが気づいてないだけだ』とか『近いうちに事実になる』とか言って誤魔化す。そういったやり口さえあらかじめ知っておけば、やつらのペースに飲まれることはない」

「勉強になったよ」と西垣はうなずいた。「いやあ、生まれて初めて小説家を尊敬したね。ホント、なんでも知ってるんだな」

「小説家であることとは関係ないし、僕は世間のほとんどのことについて無知だよ。ただ単に、一人の人間としてインチキ詐欺師がのさばっていることが許せないだけだ」

オーラリーディング占い師の話が出てから、僕たちは一滴も酒を飲んでいなかった。最後にウーロン茶を飲み干してから店を出た。

ていった。

「健闘を祈るよ」

新宿駅の改札前で僕たちは握手した。西垣は「かならず報告する」と言って、改札の中へ消えていった。

西垣から連絡があったのはそれから一ヶ月後だった。詳細な感想や顛末に関する内容もなく、「行ってきた」という短い文章だけがＬＩＮＥに書かれていた。「どうだった？」と僕は返した。

「時間があればこれから会おう。前と同じ店で」

僕は「オッケー」と返信した。

一ヶ月前とまったく同じ光景だった。西垣は奥の座敷でビールを飲んでいた。席へ向かう間、西垣の表情からうまくいったかどうか読みとろうとしたが無理だった。当然だ。僕は占い師でもなんでもなかった。

「勝手に始めてるぞ」と西垣が言った。僕は席に着くなり単刀直入に「うまくいった？」と聞いた。

「なんとも言えないな」と西垣は答えた。「『うまくいった』というのが、何を指すのかによるね」

「録音はできたのか？」

「ああ、できたよ」と言って、西垣はジャケットの胸ポケットからボイスレコーダーを取りだした。「ビックカメラで一番性能が良いやつを買ったんだ。週刊誌の記者も使ってるモデルらしい。薄型だから、胸ポケットに入れてても外からわかりづらいしな。さっき確認してみたけど、しっかり録《と》れてたよ」

「聞いていい？」

「もちろん。何が起こったかを知るには、それが一番早いだろうね。まあ、十五分くらい聞けばだいたいわかるはずだ。『無題』の一番を聞いてくれ」

僕はレコーダーにイヤホンを挿し、一番を再生した。席までやってきた店員に、西垣が僕のぶんのビールを注文した。二分ほどは遠くでクラシック音楽が流れているだけだった。おそらく占い師の店のBGMだろう。受付から「須藤《すどう》さま」と名前を呼ばれ、西垣が移動した。「須藤」は僕たちの同級生の名前だった。

ドアを開ける音がしてから、ありきたりな自己紹介が始まった。低くてよく通る男の声が聞こえた。西垣は打ち合わせの通り、「須藤」という別人格をしっかり演じていた。最愛の母が死んだこと。それ以来、なんとなく仕事に集中できないこと。素人にしてはなかなかの演技だ。

「はじめに言っておきます」

オーラリーディング占い師は、作りものみたいな、わざとらしい渋い声でそう告げた。「あなたが纏《まと》っているオーラを、私はすべて正しく読みとれるわけではありません。オーラとは、いわば霧の向こうの景色のようで、すべてを伝えてくれるわけではないのです。場合によっては、私よりもあなたの方がずっと正確に理解できることもあります。このことを忘れないでください」

「わかりました」と西垣が言った。

「正直に言えば、私も人間ですから、ときとして間違うことがあります。それでも、常に最善を尽くすことだけは約束できます。私が間違うからといって不安になることはありません。私はあなたの人生の役に立ちたいと願っているだけで、あなたの人生を決めるのは最終的にあなた自身です。私がどんなことを言ったとしても、その言葉を受けとったあなたの心がもっとも重要なのです」

「わかりました」と西垣が繰り返す。

よくある口上だった。はじめに「自分の能力が絶対ではない」という弱みを曝《さら》けだすことで、信用を得ようとする。間違ったときの保険にもなる。そうしながら、暗に相手に対して協力を要請する。実際に「オーラ」を読みとる前から、こういった準備をしておくのだ。

しばらくそういった前置きが続いてから、ついに詐欺師がオーラをリーディングした。

「あなたからは、たいへん柔らかな電磁エネルギーを感じます。あたたかい、暖色のオーラが全身から波打つように出ています――あ、右手の人差し指の先で、かすかにオーラが歪《ゆが》んでいるようです」

「それらは何を意味するのですか？」

西垣が問いかける。少し前のめりな気がするが、こういう詐欺師には具体性を求めるのが一番手っ取り早いと教えてある。

「あなたは大変優しい心の持ち主で、細かいことを気にしない、大らかな心を持っているようです。しかしその一方で、特定の話題や機微に触れる出来事があると、その心に歪みが生じるようです。右手の人差し指は、直近の過去を意味しています。この一年の間に、あなたの優しい心を傷つけるような出来事があったのではないでしょうか？」

やはり最初は無内容の透視だ。だいたいの人間は自分のことを優しくて大らかだと思っているし、その心が歪むことだってある。それに、誰だって一年以内に傷ついた経験の一つや二つはあるだろう。母が死んで不安を抱えている（という設定の）人間ならなおさらだ。

「たしかにその通りではあるのですが、それでは誰にでも当てはまってしまう気がします。先生には、具体的にどんな出来事があったように見えているのですか？」

「もちろん、お母さまが亡くなられたことも無関係ではないのでしょう」

「どう関係しているのですか？」

西垣が詰める。そうだ、それでいい、と僕は思う。

「あなたはまだ少し、心を閉じてしまっているようです。自ら放出している電磁エネルギーを、体の内側に向けてしまっています。それでは正しくオーラを読みとることが難しくなります」

西垣の具体的な質問に答えられず、占い師は話を逸らした。

「どうすれば心を開くことができるのですか？」

西垣の問いかけに、占い師は「Sという文字が見えます」と答えた。「Sという文字に関係する誰かが、あなたの心に鍵をかける一因となっているようです。心当たりはありませんか？」

Sと言われて僕は笑ってしまいそうになった。僕もSだからだ。しかしこのSも詐欺師の常套手段で、おそらく日本人にもっともありがちなイニシャルでありながら、「須藤」という仮名もカバーしているので家族の誰かにも対応している。苗字だけでなく、名前全体に広げたら半分以上の日本人が当てはまるのではないか。僕としては、オーラのような非言語的な物質が、Sという言語情報を提示する仕組みを問いただしたくなったが、西垣はさほど気にならなかったようだった。

「それは透視ですか？　それとも質問ですか？」

西垣はしっかり僕が教えたことを実践している。占い師たちはこうやって、自分で何かを透視したふりをしながら、実は質問をしているのだ。占い師の「心当たりはありませんか？」という言葉に対して、たとえば「人事の佐藤さんのことですね」などと答えてしまうと、「そう、その人のことです」と乗っかられてしまい、最終的には「人事課の佐藤さんのことを透視した」という結果にすり替わってしまう。

「どちらかというと質問です」と占い師が答えた。

「では、Sというのは苗字ですか？　それとも名前ですか？」

「そこまではっきりとは見えていません」

「残念ながら、該当する人が多すぎて誰のことをおっしゃっているのかわかりません」

西垣の返答に「素晴らしい」と手を叩きたくなる。この流れなら、僕も同じことを言うだろう。

「それは残念です。しかしながら、このままあなたが心を閉ざしていては、私も正確にオーラを読みとることが難しくなってきます。はじめにも言いましたが、オーラリーディングは私とあなたの二人で協力して過去や現在、未来を読みとっていくものなのです」

「精一杯協力しているつもりなのですが」

「もちろんあなたのことを責めているつもりはないですし、そのようにとらえてしまったのなら申し訳ありません。すべては私の力不足によるものです」

西垣が言葉を発さずにいると、占い師が「よろしければ」と切りだした。「本日のセッションはここで切り上げましょう。もちろんお代は頂きません。あなたはご自身がお考えになっている以上に、お母さまの死を負担に思っているようです。苦しんでいる人間の心には二つの段階があります。一旦立ち止まり、ハイヤーセルフの声によって傷口が塞がるのを待つ時期と、ハイヤーセルフによって塞がった傷を抱えながら前へ進む時期です。私は前へ進む人々をクレアボヤンスで読みとることはできますが、苦しみの渦中にいる人々の力になれるとは限りません。今のあなたは、苦しみや不安と共存しながら傷口が塞がるのを待つべきです。前へ進む覚悟ができましたら、またいらしてください。そのときは喜んでお力になりたいと思います」

その後は事務的なやりとりが続いた。西垣はセッションを続行させようと少しだけ粘ったが、これ以上は難しそうだった。占い師は何度も西垣に謝罪し、受付の女性も「大変申し訳ありませんでした」と謝っていた。僕がイヤホンを外すのを確認して、西垣は「どう思う？」と聞いてきた。

「うまくいったかどうか、という観点で言えば、うまくいってないね」

「だよな」と西垣がうなずいた。「これじゃあ恵梨香を説得できるとは思えない」

「たぶん、僕たちみたいな感じで、はじめから疑ってかかっている人も一定数やってくるんだろうね。そういう人への対応に慣れている感じがする」

「そういうもんなのか？　俺は『誠実なやつだな』と思ったけど」

「そりゃあ占いで金儲けしてるんだから、客に対しては誠実だろうね」

「そうかなあ。少なくとも悪いやつには見えなかったな」

「おい、お前まで洗脳されてるのか？」

「そういうわけじゃないよ。でも、お前が言うみたいに、詐欺師だって感じはしなかったけどな」

「そう思わせるのが上手なだけだよ」

「うーん」

西垣はビールを一口飲んだ。「どっちにしろ困ったことになったね。これじゃあ打つ手なしだ」

ビールを飲みながら、僕は今回の作戦のどこが悪かったのかを考えた。占い師は挑戦的な人に対する扱いに慣れていた。曖昧なことを言いながら、具体性を求められると言質《げんち》を取られないようにうまくはぐらかす。電磁エネルギーが閉じているだとか開いているだとか無茶苦茶なことを言って、自分のやり方が通用しないことを暗に相手のせいにしてしまう。それでも説得が難しいと感じると、ハイヤーセルフだとかクレアボヤンスだとか、意味不明な言葉を並べたてて最終的にセッションを切り上げる。「金は返す」と謝るので、こっちとしてもそれ以上の追及が難しい。

なかなか捕まらないセクハラ男は、セクハラをしても泣き寝入りしそうな弱い立場の人を選ぶ。昇進していくパワハラ野郎は、パワハラを訴えない相手を選んでハラスメントをする。それと同じように、優秀な詐欺師は人を騙すのが上手なだけではない。容易に騙せるカモを見抜くのがうまいのだ。占い師から「カモ」だと認定されなければ、占いのインチキを暴くところまで至れない。西垣に知識を与えすぎてしまったのが今回の敗因だろう。

「まだ打つ手はあるよ」と僕は言った。

「本当か？」

「ああ、本当だ」

「でも、俺はもう顔が割れちまった」

「僕が行くよ」

「本気か？」

「これ、借りるよ」と言って、僕は西垣のボイスレコーダーをカバンにしまった。

「でも、どうするんだ？　お前が行ったところで、俺の二の舞になるんじゃないか？」

「そうならないように策を練るよ」


新しい策を思いついたのは、それから一週間ほど経った日のことだった。これまで小説のアイデアが天から降ってきたことは一度もなかったが、その策はまさしく天から降ってきた。

僕はその日、執筆中の短編小説の資料を読むために広尾の図書館に来ていた。必要だった資料は見つかったけれど、話の展開をどうするべきか悩んでいた。

作品の内容を簡単にまとめると、以下のようなものだ――二〇一一年の三月十一日、あの震災があった日、東京の大学に通う「私」こと上杉華《うえすぎはな》は、付き合っていた男と一週間ぶりに晩御飯を食べる約束をしていて、昼間からそわそわしていた。早番のバイトを終え、帰宅して遅めの昼食をとっていると地震が起こる。自宅が大きく揺れ、棚から食器が落ちて割れ、冷蔵庫が五十センチ移動する。スマホは繋がらなくなり、夜の予定をどうするのか確認もできなくなる。電車が止まってしまったので、「私」は徒歩で約束のレストランまで向かう。レストランは閉まっており、約束の時間になっても「彼」はやってこないし、連絡も返ってこない。二時間ほど待って、スマホの電池が切れてしまう。「私」は再び徒歩で家に帰る。

震災からちょうど五年が経った三月十一日、たまたま友人と食事をしていた「私」は五年前のその話をする。友人たちもそれぞれ、二〇一一年の三月十一日をどう過ごしたかを語る。

全員の話を聞き終えた「私」は、どこか不思議な気持ちになる。五年も前の特定の一日のことを、みんなどうしてそんなに細かく覚えているのだろうか。たとえば、その前日の二〇一一年の三月十日、みんなは何をしていたか覚えているのだろうか。そんな話をすると、みな一様に「覚えていない」と言う。どちらも同じ一日なのに。「私」はそんなことを考える。

翌朝になって目が覚めても、三月十日のことが「私」の頭から離れない。明日になれば大きな地震があるというのに、そんなことも知らず、平和に、そして呑気に過ごしていた一日のことだ。たった一日違うだけで、みんなからすっかり忘れられてしまった日のことを「私」はずっと考えていた。

気になって仕方のなかった「私」は、自分が三月十日に何をしていたのか、様々な手段を使って調べはじめる。SNSの投稿を確認する。当時使っていたスケジュール手帳を引っ張りだして読み、当時のスマホを充電してメールボックスをチェックする。三月十日の新聞から、その日のニュースを調べる（僕が図書館へ行ったのはこのためだ）。

「私」は徐々に、三月十日に何をしていたのかを思い出していく。それとともに、三月十一日の「私」の記憶が正しくなかったかもしれないと思いはじめる。「私」は付き合っていた男と食事に行く約束をしていたはずだったが、メールにも手帳にもその痕跡はなかったのだ。「私」は約束などしていなかった。では、どうして「私」は震災の混乱の中、何時間も歩いてレストランまで向かったのだろうか。

僕が書こうとしていた短編小説は、概ねそういう話だった。すでに八割がたの執筆を終えていたし、その話がどう終わるのか、僕はすでに決めていた。

だが、ラストのシーンを書くにあたって、何かが足りないような気がしていた。このアイデアが持っているはずの本当の力を、このままでは引きだしきれないまま終わるような、そういう感触だ。そういった壁にぶつかったとき、僕は作品の世界に入りこみ、物語がどこへ進もうとしていたのか、どこに未知の可能性が眠っているのかを聞こうとする。語り手になりきり、物語を体験しながら、話の鉱脈を探すために槌《つち》で叩き、耳をすませて音を聞く。

だが、その日はどこを叩いても何の音もしなかった。僕は語り手の「私」と同化したまま、広尾の図書館で三月十日の新聞を広げながら困り果てていた。僕の三月十日はどこにあるのだろうか、そんなことをずっと考えていた。

これ以上考えても何も出てこないと思い、新聞紙を閉じた瞬間だった。唐突に「これだ」という考えが天から降ってきたのだった。

僕は自分の小説の語り手になりきって、オーラリーディング占い師のところへ行くのだ。語り手の「私」は自分に近いところもあるし、何より自分で作りだしたキャラクターだから、すべての過去を知りつくしている。僕は「私」のままセッションを受ける。僕と「私」の性別が違う部分はうまく誤魔化す。オーラリーディング占い師は必死になって、目の前の僕ではなく、僕の小説の登場人物の内面を読みとる。この世に存在しない人物のオーラを読むわけだ。その様子を録音すればいい。恵梨香さんにセッションの様子を聞かせ、その後に僕の小説を読んでもらう。オーラリーディング占い師が、この世に存在しない小説のキャラクターのオーラを読んでいたことを証明する。これなら途中でセッションを打ち切られることもなく、インチキを暴くことができるのではないか。

僕は図書館を出て駅に向かって歩きながら、「今なら行ける」と感じていた。その日は一日中作品と向き合い続けていた。今だったら、自分は完全に登場人物になりきっている。

スマホで調べ、占い師に電話をした。あっさり二時間後の予約を取ることができた。

予約の電話を切ってから、心のどこかに占い師に対する哀れみのような気持ちが生まれていることに気がついた。その占い師がテレビに出たと聞いて、次から次へと純粋な人々を騙しまくっている印象を抱いていたが、実はそれほど繁盛していないのかもしれない――そんなことを考えた。

占い師のような職業がインチキだと知っている人でも、「相手の心を読む」ことに特別な訓練や才能が必要だと勘違いしていることが多い。占い師が、相手のボディランゲージや視線の動かし方を観察し、口調や声の細かな抑揚に注意を払い、それらの断片的な情報から推理していると思っているからだろう。

実際には、そのような能力はまったく必要ない。もちろんそのような能力を持った人もいるだろうが、「相手の心を読む」ように見せかけるだけなら、特別な観察眼も、並外れた推理力もいらないのだ。必要なのはいくつかの定型文と、自分の「読み」が外れたときに上手に誤魔化すテクニック、そして相手に信用してもらうための細かな知識だけでいい。必要な情報は、すべて相手が自分から口にするのだ。相手が口にした情報を、あたかも自分が当てたかのように振る舞うだけでいい。

青山で予約の時間を待ちながら、僕は心の中で何度も「自分はこれから会う占い師のことが好きだ。そして占い師は僕のことが好きだ」と繰り返した。マインド・スクリプトという、他者に好かれるためのもっとも簡単なテクニックだ。誰かと会う前に、そして会っている間にこの呪文を繰り返すだけで、相手に好印象を与えることができる。僕は占い師と戦ってはいけなかった。それでは西垣の二の舞になる。もし戦えば、占い師はセッションを中断して返金する。それで終わりだ。僕は占い師を信用し、占い師は僕を信用しなければならない。心の底にある占い師への強い嫌悪は、なんとしても隠し通さなければならない。

僕は何度も呪文を唱え、自分の小説の登場人物になりきったまま、占い師の待つマンションに入った。十二階建てだったが、想像していたよりもずっと古いマンションだった。八階までエレベーターで上がり、占い師の看板を見つけた。貸し会議室の隣の部屋だった。チャイムを鳴らすと、すぐに受付の女性がドアを開けた。

「上杉さまですか？」

「はい、そうです」と僕はうなずいた。その時点で僕は上杉華になりきっていた。

「お待ちしておりました」

普通のマンションの一室だった。狭い玄関を上がると、すぐ左手にＩＨヒーターとシンクがあった。右手はユニットバスで、正面のワンルームを衝立《ついたて》で仕切って受付と占い部屋にしている。想像と違い、深紅のシルクの天幕や、仰々しい水晶玉などはなかった。部屋の内装はシンプルで、フローリングの床に無垢材の小さなテーブルが置かれ、その前に濃紺のソファが置かれているだけだった。照明は明るく、小綺麗な事務所のような雰囲気だ。ＢＧＭはボイスレコーダーで聞いたときと同じようにクラシックが流れている。曲名はわからないが、何度も聞いたことがある有名なやつだ。

部屋には僕以外の客はいなかった。衝立の向こうで、占い師が書類をめくるような音がしていた。部屋は十二畳ほどだろうか。廊下に面した簡素な受付で会計をした。二万五千円の通常料金から初回特典の五千円が割り引かれ、会員登録費の二千円が足され、今回は二万二千円だと説明をされた。風俗店みたいだな、という言葉を頭から追いやって、僕は言われるがまま支払った。領収書をもらいたくなったが、登場人物になりきって我慢した。「私」は会社員だ。三月十日に自分が何をしていたか調べているうちに、思い出したくなかったことを思い出し、混乱しているのだ。

受付の前でぼんやりとしていると、「カバンを預かりましょうか？」という声が聞こえた。僕は我に返り、冷静に「大丈夫です」と断った。そうやって預かったカバンの中身を検《あらた》め、そこからわかったことをセッションに持ちこむ占い師がいることを知っているからだ。

ボイスレコーダーの録音を開始して、二、三分ほどソファで待った。衝立の向こうから、聞き覚えのある渋い声で「上杉さま、こちらにいらしてください」と呼ばれた。

小さな占い部屋にはカフェテーブルを挟んで革張りのソファが二つ置いてあり、奥のソファに「オーラリーディング占い師」が座っていた。シャツを着た清潔感のある中年の男で、髪は短く切りそろえてあり、黒縁の眼鏡をかけていた。占い師というよりは精神科医のような見た目だった。占い師の背中の壁には、「全国占星術師協会」なる組織が発行している認定証と、英語の書状——北オレゴン大学のジョージ・F・グラハム教授なる人物による推薦状——がシンプルな木の額縁に入れられて飾られていた。どうせ偽物か、金を払えばなんでも印刷するような組織や大学のものなのだろう、という意地悪な思いを飲みこんで、僕は「自分はこの占い師のことが好きだ。そしてこの占い師は僕のことが好きだ」と心の中で唱えた。

「はじめまして」と占い師は言った。「少し緊張なさっているようですね」

「そうですね。こういうところへ来るのは初めてなので」

「気楽になさってください——と言って気楽にできるものでもないのですが」

僕は曖昧に笑い、「始まるぞ」と背筋を伸ばした。

「どれくらいご存知なのかはわかりませんが、私は他の人より少しだけ多く、人々が纏っているオーラを見ることができます。すべての人々は全身から電磁エネルギーを発しているのですが、そのエネルギーは多くのことを教えてくれます」

「これからどうするべきか、そういうことも教えてくれるのですか？」

「ええ、もちろん」とうなずいてから、占い師は西垣のときと同じ口上を述べた。「私はすべての景色を正確に読みとれるわけではない」というものと、「私だって間違うこともある」というものだ。「重要なのは、私の言葉を受けとったあなたの心なのです」と言われた瞬間、僕は全身の寒気に抗うように、心の中でマインド・スクリプトを繰り返した。

「この部屋に入ってきた瞬間から、あなたが放出しているガンマ線を微かに感じとりました。ガンマ線は振動数の多い短波で、このタイプの電磁エネルギーを出すのは、基本的に思慮深く冷静な人です」

前置きが終わってから、占い師はそう告げた。「ですが、あなたのガンマ線には赤色の揺らぎがあるようです。あなたは概ね冷静ですが、ときおりその殻を破り、場を盛りあげる側に回ることもあるようです」

「ええ、その通りです」と僕はうなずいた。本当に僕がガンマ線を放出しているなら、あなたは今すぐに防護服を着るべきだ、と言いたくなる気持ちをこらえた。

「あなたは思慮の浅い、ただ陽気なだけの人物を苦手としています。しかしながら、必要とあればそういった人々と表面上、うまくやっていけるだけの器用さも持ち合わせています」

これもありふれた手法だ。僕のプロファイルと真逆の人物像を提示して、その人物が苦手だと指摘するだけだ。単純だが、多くの人は「当たっている」と信用してしまうのだろう。

それでも、心の中の不快感をすべて押しつぶして、僕は「まったく、おっしゃる通りです」とうなずく。

「あなたのオーラは落ち着いた紺色というところでしょうか。滑らかな波形は、あなたが誠実な人物であることを示しています。あなたは聖人ではありませんし、完璧な人物でもありません。あなたはときおり自分が完璧でないことを不甲斐なく感じますが、周りの人々はそんなあなたを信頼しています。あなたはその期待を裏切らないよう、日々向上したいと考えています」

「まさに」と僕は力強くうなずいた。相変わらず誰にでも当てはまる内容だったが、短編小説の「私」と重なる視点が含まれていた気がした。彼女はどちらかというと完璧主義者だ。だからこそ、三月十日における記憶の不在が許せなかった。そうして当時のことを調べはじめ、自分が完璧ではなかったことを思い知り、動揺してしまったのだ。

占い師は「この方向で攻めるべきだ」と感じたのだろう、さらに突っこんだ話をした。

「あなたは自分の誠実さに自信を失うような出来事があり、そのことを心のどこかで引きずっているようです」

上手な言い方だ。いつの話か明言していないし、「心のどこか」という表現によって、僕に思い当たる出来事がなくても「あなたは自分でそのことに気がついていないだけだ」と言い訳する余地を残している。

「私」はこれまで散々話してきた三月十一日の話に間違いが――あるいは嘘が――含まれていることを知り、そのことを引きずっている。これ以上三月十日について調べれば、三月十日だけでなく、三月十一日の真実が明らかになってしまうかもしれない。「私」はそのことを恐れていた。

僕は「その通りです」と再び強くうなずいた。

「あなたは大切な人を裏切ってしまったと思っていますか？」

透視に見せかけた質問だ。僕が「そうです」と肯定すれば透視が当たったことになり、「いいえ」と首を振ったときは「そうでしょうね」と逃げればいい。

僕は「私」になりきって、自分に問いかける。「私」は誰かを裏切っていたのだろうか。小説の中にそういった描写はなかった。「私」は誰かを裏切ったわけではない。単に、三月十一日、約束もしていないはずなのにレストランへ向かっただけだ。

まだ書かれていない、小説のラストについて考えた。小説の中で、三月十日について調べた「私」は、すっかり忘れていた自分の過去を思い出す。「私」は三月十一日の時点で、すでに交際していた「彼」に別れを告げられていた。交際中にパスワードを知っていた「私」は「彼」が鍵をかけていたSNSに不正にログインし、「彼」が新しい彼女とその日にその店で食事をすることを知っていた。地震が起こり、スマホが繋がらなくなってから、「私」はこう考えた。もしかしたら、その店に「彼」だけがやってくるかもしれない。「私」はその場に偶然居合わせる。帰れなくなってしまい、二人だけで一晩を明かすことになるかもしれない。今日が最後のチャンスだ、と「私」は考え、レストランに向かった。三月十日を調べた結果、「私」はその事実を思い出す。ほとんどストーカーになっていた自分を。震災を利用し、未練のあった相手に近寄ろうとした自分を。そして、その記憶を都合よく書き換えていた自分を。

「私」は誰かを裏切ったのだろうか——僕はその問いについて深く考える前に、「はい」と強くうなずいていた。

「大切な人というのは、家族でしょうか？」

「いいえ、違います」

占い師は間髪を入れずに「でしょうね」とうなずいた。「あなたの過去を示す右手からは、わずかにアルファ型の長波が出ています。クレアボヤンスによれば、それが友人か恋人だと意味しているようです」

占い師は意味不明な用語を畳み掛けて、自分の間違いを正解へと変えてしまっていた。しかし僕は、その事実について深く検討するでもなく、目の前の男との間に成立しつつあるセッションに集中していた。

「ええ、おっしゃる通りです」

「恋人ですか？」

「ええ」

僕は、今質問に答えているのが「私」なのか、それとも僕自身なのかわからなくなっていた。三月十日の小説は、自分の経験を元にしている。僕も以前、「私」と同じように三月十日について調べたことがあった。そこで僕は、震災の前日に自分が嘘をついていたことを知った。

「もしかしたら、彼女はあなたの裏切りに心を痛めているかもしれません」

僕は「そうでしょうか？」と不安げに聞き返す。

「いえ、これは単なる憶測です。私はあなたがその可能性を憂慮した際に放出された、電磁エネルギーを読みとっただけです」

「なるほど」

占い師は「ここまでの話をまとめましょう」と言った。「あなたは思慮深く、誠実な人間ですが、大切な恋人を裏切るようなことをしてしまった。あなたはそのことを気に病んでいて、その思いがアルファ型の長波となって放出されているのを私が感じとった」

占い師が「まとめ」と称して、僕から聞きだした話を自分の手柄にしてしまったのがわかった。でも僕にはそのことはあまり気にならなかった。むしろ、何か重要な答えのようなものに近づきつつあるような気がしていた。

「ええ、そうです」

「あなたのオーラは、その出来事がそう遠くない過去であると告げているようです。それは一年以内の出来事ですか？」

「はい、とも、いいえ、とも言えます」

「なるほど。だからこの長波に独特の尖《とが》りのようなものがあったのですね。出来事はある程度の期間、継続して起こっていた、と」

「まあ、そう捉えることもできるでしょうね」

「あなたは、自分がもっと何かできたはずだ、と強く後悔していますね」

「その通りです」

僕は強く肯定する。僕が書いた短編小説には、もっと大きな可能性があるはずだった。僕は今日、その可能性がどこにあるのかずっと考え続けていた。

「あなたは嘘をついてしまったのでしょうか」

「そうです」と再び強く肯定した。かつて僕は嘘をついた。そしてその嘘を、「上杉華」という語り手の話に置き換えることで昇華しようとしていた。小説家として正しい態度なのかもしれないが、人間として果たしてそれは誠実なのだろうか。

「どうすればいいでしょうか？」

僕は自分から占い師にそう問いかけていた。本心だった。僕は本心から目の前の占い師を信用し、本心からそう聞いていた。

僕と占い師の目が合った。

奇跡的な瞬間だった。僕たちは完全に同じ波長で、同じ方向を目指していた。お互いのすべてを理解し、目の前の人間に自分のすべてを委ねてしまいたい気持ちになっていた。初めての経験だった。僕は自分がどうするべきか、百パーセント信用している人間に問いかけていた。

占い師は深くうなずいた。僕たちそれぞれのオーラが二人のちょうど中間で混じり合い、淡い桃色に変わった。オーラが霧のように部屋中に広がり、僕たち二人を包みこんだ。僕は全身に何か温かいものが降り注ぐような感覚を得た。過去と現在と未来が重なり合い、小さな塊《かたまり》となって僕の指先から占い師の胸元へと飛んでいった。

占い師は「ようやくすべてを見通すことができました」と言った。「かつてあなたの身に何が起こったのか。あなたがどういう嘘をついてしまったのか。今、オーラの霧が晴れ、あなたと私の電磁エネルギーの波長が完全に一致しました。私にはあなたの心の痛みも、後悔も、すべてわかります」

僕の目に、うっすらと涙が浮かんでいた。見間違いでなければ、占い師の目も潤んでいた。

「今、私とあなたは完全に繋がっています。あなたのオーラと私のオーラが干渉し、あなたの過去が流れこんできました」

「それで、僕はどうすればいいのでしょうか？」

「本当のことを、正直に話すしかありません。誠実に、そして正直に生きることがすべてです」

青山の喫茶店でボイスレコーダーの録音データを聞き終えた西垣は「お前、すごいな」と言った。「占い師を完全に信用させきって、しっかり言質を取ってから反証してる。小説家には演技力もあるのか？」

「いや、演技じゃなかったんだ」と僕は首を振った。「演技なんてできないよ。途中までは、僕は本気で占い師を信用していたし、セッションに取りこまれていたんだ。だからこそ、彼を信用させることができた」

僕は占い師の口から「誠実に、そして正直に生きることがすべてです」と発せられたのを聞いて我に返った。インチキで金を騙しとっているような人間が、そのようなことを口にする権利があるのか。そんな思考が脳裏をよぎった。

僕は占い師に「あなたには僕の心の痛みや後悔がわかるのですよね？」と詰め寄った。「それなら教えてほしいのですが、僕はどのように心を痛め、どのように後悔しているのでしょうか？僕は誰に対して、いつ、どんな嘘をついたのでしょうか？」

当然、占い師は僕の質問に答えられなかった。彼は困惑しているようだった。すべてうまくいっていたはずのセッションが、突然ひっくり返されたのだ。彼はそのような経験をしたことがなかったようで、ずっと落ち着いていた彼にしては珍しく、ひどく取り乱したように見えた。波長がどうのこうのとか、クレアボヤンスがどうのこうのとか、パウナルキがどうのこうのとか、ずいぶん言い訳がましく語った。僕は「十分だ」と思った。もうインチキの証拠は十分に摑むことができた。失言を引きだし、言い訳を引きだした。もともと、占い師を傷つけるためにやってきたわけではない。僕は彼の言い訳に納得した様子を見せてセッションを終えた。

「そもそも、お前の話自体が小説の登場人物なんだよな？」

「そうだよ。原稿を見せてもいい」

「それなら恵梨香も目が醒めるかもしれない」

「そうかな」と僕は首を傾げた。「もしかしたら、なんの効果もないかもしれない」

「あいつがインチキだってことは十分伝わると思うけどな」

「たしかにオーラが見えるとか、なんでも見通せるとか、そういうのは全部インチキだ。今でもそう思う。でも、僕があの占い師に何かを感じてしまったのも事実だ。お前もセッションを受けたあと、『誠実だった』って言ってたじゃないか」

「たしかにそう感じたけど、それこそが仕組まれたものなんだって言ってたのはお前だろ」

「まあそうなんだけど。でも、セッションに意味がなかったという判断にはならないかもしれない。そんな気がするんだ」

「まあ、とにかく恵梨香に聞かせるわ」

店の外で強い雨が降りはじめていた。「篠突《しのつ》く雨だ」と僕は思った。


西垣から連絡があったのは三日後だった。

結果としてはずいぶん微妙なものになった。僕の録音データを聞いてもなお、恵梨香さんの占い師への信用は揺るがなかったようだった。恵梨香さんは相変わらず小説を書いているようだったし、占い師のところへ通うつもりのようだったが、西垣の説得もあり、しばらくは仕事を続けることになった。

それもそうだろうな、と僕は思った。結局のところ、あの占い師は僕たちが言おうとしていることを盗み、自分の手柄にしていただけで、彼自身の主張など何もないのだ。恵梨香さんの「小説を書きたい」という気持ちも、「仕事を辞めたい」という気持ちも、どちらも彼女の本心で、占い師はその心を代弁して信用とお金を稼いだにすぎない。それだけのために週に二万五千円も支払っていること自体は馬鹿馬鹿しいと思うが、今のところはたいした害もないだろう――そんな話を西垣にした。それに僕は、以前より少しだけ、占い師のようなインチキにのめりこむ人の気持ちもわかるようになっていた。あの日、青山のマンションで、僕にも「その瞬間」が訪れたのだ。おそらくそれは、僕自身の内側にある迷いが具現化したという錯覚を見ただけなのだが、たしかにあの瞬間、何か答えのようなものが形をもって目の前に現れたのだった。

「その瞬間」に触れた僕は、結局短編小説をすべて書き直した。できあがったものは相変わらず嘘ばかりだったし、改稿する前より面白くなっているのかどうかもわからなかったが、少なくとも嘘に対して誠実に向き合うことができたのではないかと思っている。

嘘に対して誠実に向き合う――まるで占い師の仕事みたいだ。僕は自分の仕事と、自分がもっとも嫌悪している人々の仕事が、実は同じ種類の欺瞞《ぎまん》と、同じ種類の誠実さを必要としているのかもしれないな、などと思いつつ、編集者に完成した原稿を送った。

君が手にするはずだった黄金について

僕の知る限り、多くの道徳的な規則は「黄金律」に基づいている。「自分がしてほしいことを他人にしましょう」というやつだ。この原理は法律における憲法や幾何学における公理のようなもので、古代ギリシャ以前から道徳体系を基礎づけている。

「黄金律」を裏返すと「自分がしてほしくないことは他人にしないようにしましょう」となり、これは「銀色律」などと呼ばれている。この二つの原理を叩きこむことが、おそらく道徳教育においてもっとも重要だとされていて、かくいう僕も幼少期からそうやって育てられてきた。

それなりに人生経験を積んできた人には心当たりがあるはずだと思うが、「黄金律」と「銀色律」には大きな罠がある。「自分がしてほしいこと」や「自分がしてほしくないこと」には人それぞれ違いがあるということだ。ときとして、その違いはお互いの心を傷つける刃《やいば》となってしまう。僕はそのせいで何度か痛い目にあってきたし、他人を痛い目にあわせてしまったこともあった。

「厳しく指導されて成長したい」と思っている人は、良かれと思って他人に厳しく指導をしてしまう。「性的指向を聞かれても嫌ではない」と思っている人は、他人に対して不用意に性的指向を聞いてしまうことがある。どちらも道徳の原理に従った結果で、相手に嫌な思いをさせるつもりがないだけ具合が悪い。こういったことはよく起こる。道徳規則として間違っているわけではないので、傷ついたり嫌な思いをした人が不平を言っても、当人にはなかなか伝わらなかったりもする。思うに、二十一世紀の「黄金律」と「銀色律」には、以下のような注釈が必要だろう。

「※ただし、『してほしいこと』や『してほしくないこと』は個人によって差があります」

たとえば僕は、道に迷ったとき、適当にいろんな道に入っていき、知らない景色の中で試行錯誤するのが好きだ。悩みごとがあっても他人に相談せず、自分なりに解決の糸口を見つけようとする性格は、間違いなく創作の助けになっている。普遍化すれば「何かに困っているとき、その原因を調べて自力で解決するのが好きだ」とも言えるかもしれない。裏を返すと、「いちいち他人に口を出されることが好きではない」となる。

それゆえ、目の前で困っている人に助け舟を出すことに躊躇《ちゅうちょ》してしまう。揉めごとがあったとき、事実関係を知らない第三者に口を出されるのがとても嫌いなので、喧嘩をしている人を見ても、わざわざ仲裁するより当人間で解決する方が望ましいと考えてしまう。僕なりに考えた結果、「何もしない」という結論に至ることもあるのだけれど、多くの場合は「冷たい人」という風に見られているように感じる。そう言われてしまうと、たしかに自分でも否定しようがない。

価値観の違う人間に「黄金律」を押しつけられたときほど厄介なことはない。必要のないお節介や、必要のない忠告を与えられただけでもいい気分はしないというのに、本人は良かれと思ってやっている。

そういった経験について考えるとき、いち早く思い浮かぶのが高校の同級生の片桐《かたぎり》のことだ。片桐は僕と真逆の価値観を持った人間で、とにかく他人に口を出すのが好きな男だった。

四年前の話だ。いろいろと偶然が重なり、二人でスーパー銭湯に行ったことがあった。風呂からあがり、休憩所で食事をしながら少し話をして、僕の車で彼を自宅の近くまで送った。その道中で、助手席に座った片桐はとにかく口うるさかった。「次の次で右折するから車線を変えておいた方がいい」だとか、「前の車がブレーキを踏んだから減速するべき」だとか、言われなくてもわかっていることをいちいち口にしてきた。最初は「オッケー」などと反応していたけれど、途中から僕は一言も喋らずに無視するようになった。それでも片桐は、僕が不機嫌なことに気づかないようで、降車する瞬間まで不必要なアドバイスを口にし続けていた。

僕の価値観に同意してもらえるかどうかはさておき、運転中に助手席からあれこれ言われて苛立つ気持ちは、それなりに理解してもらえるのではないか。そもそも、風呂に入ったあとの帰り道で、別に急いでいるわけでもないのだから、もし右折のタイミングを逃してしまって余計に時間がかかっても問題ないだろう。夜のドライブをゆっくり楽しめばいい。道を間違えることをどうしてそんなに恐れているのか、僕には理解ができなかった。

片桐と初めて話をしたのは高校一年の九月だった。もしかしたらそれより前にも話をしたことがあったのかもしれないけれど、少なくとも僕は覚えていない。たしか体育祭の一ヶ月くらい前で、クラス対抗リレーに誰が出場するか、放課後に話し合いをした。

ちょうどその日の体育の授業で、五十メートル走のタイムを計測していた。タイムが速かった人から順に、男女それぞれ四人をリレーの選手にしようということで話がまとまりかけていた。僕はちょうど上から四番目だった。自分の脚力に自信があったわけではなかったけれど、たまたまその日調子がよかったのか、体育教師が計測ミスをしたのか、とにかく何かの間違いで僕はリレーの選手に選ばれてしまった。

「ちょっと待て」と異議を唱えたのが片桐だった。「絶対におかしい。間違いなく、俺は小川より足が速い。お前が走れば恥をかくに決まってる」

たしか片桐は五番目のタイムだったはずで、リレーの選手になれなかったことが悔しかったのか、急に僕に文句をつけてきた。クラスメイト全員の前でバカにされたような気がして、僕も少しムッとしてしまい、それなりに強い語調で「その話に根拠はあんのか」と反論した。実のところ、僕はリレーなんかには出たくなかった。そもそも僕はそれほど足が速いわけではなかったので、誰かを追い抜いて英雄になる確率より、誰かに追い抜かれて恥をかく確率の方が高いと思っていたし、放課後に集まってバトン練習をしたりするのも面倒で嫌だった。誰かが代わってくれるなら、すすんで譲りたいくらいだった。素直に「リレーに出たいから代わってくれ」と言われたら、すんなり承諾していただろう。当時の僕はきっと、片桐の「余計なお世話」に苛立っていたのだった。

僕と片桐は、何往復かちょっとした言い合いをした。「どっちの足が速いか」みたいな、幼稚な口論だった。最終的に片桐が「今から校庭で決着をつけよう」と提案したところで、僕は急に白けてしまった。

「わかった」と僕は言った。「お前の方が速いよ。話してみてわかったけど、お前がこの世界で一番速いに違いない。だから、ぜひ代わりにリレーに出て、クラスを優勝に導いてくれ」

皮肉のつもりだったけれど、幸か不幸か片桐には文字通り伝わったようだった。片桐は得意そうな表情で「わかればいいんだよ」とうなずいた。「俺に任せろ」

どういうわけか、この一件以来、僕は片桐から妙に懐《なつ》かれてしまった。「懐かれてしまった」という表現が正しいかわからないけれど、そうとしか言いようがない（ちなみに片桐は、本番のリレーで二人に追い抜かれた）。

修学旅行や文化祭では同じ班に入ってきたし、放課後に誘われてよく一緒にカラオケに行った。僕が予備校で夏期講習を受けたときは、片桐も勝手に同じ講座を選択した。僕が読んだ漫画を読み、僕が読んだ本を読んだ。僕がマクドナルドでバイトを始めると、同じ職場にやってきた。

初めて話した瞬間からずっと僕は片桐を軽蔑していたけれど、別に嫌いなわけではなかった。片桐は人間としてみっともないことを平気でするし、器が小さいとしか言いようがない発言をよく口にした。自己評価が異様に高く、口だけが達者で、それでいて結果は出さなかった。でも特に、誰かを傷つけているわけではなかった。賛否はわかれると思うが、「良いこと」のような実績も作っていた。不登校ぎみだったクラスメイトの家まで行って、学校に連れてきたことなんかもあったのだ。それにそもそも僕たちは当時高校生で、人間としてとても未熟だった。僕だって、思い返すだけで自分の首を切り落としたくなるほどみっともないことをいくつもしてきた。片桐の幼稚な発言や行動を、他人事にできるほど立派な人間でもなかった。


僕たちが高校三年生になったのは、ちょうどライブドアが近鉄を買収しようとしたり、フジテレビを買収しようとしたりしていた時期だった。大学は卒業するよりも、途中で退学する方がかっこいいとされていた。十代の若者の多くが「青年実業家」や「起業家」を目指していた。

片桐はその流行に深く影響を受けたようで、「東大に行って一年目に起業して、三年目までに会社を上場させてから退学する」という人生設計をしきりと口にするようになった。正直に言って、片桐には東大に入学するだけの学力も、起業家として成功するだけの実力もないと思っていたけれど、一度も口に出したことはなかった。夢を見るのは個人の自由だし、そもそも僕の目が間違っていることだってあるだろう。

結果的に、片桐は東大どころか、滑り止めに受けた私大も全部落ちて浪人することになった。大学に進学した僕は、それきり片桐と疎遠になった。

学生時代も、ときおり噂だけは聞いていた。一浪してもやはり東大に落ち、どこかの地方の私大に入学したらしい。テニスサークルと起業サークルに入って、よくわからない「コネ」を作ってはその自慢をミクシィの日記に書いているという。起業の代わりに情報商材のビジネスを始めたようで、「絶対に儲かる方法」が書かれた冊子を十万円で売りつけられそうになった、という話も聞いた。

何人もの友人たちから、「片桐に情報商材を売りつけられそうになった」という報告を受けた。誰かの手によって「片桐被害者の会」という少しばかり趣味の悪いグループがSNS上に作られ、毎日のように被害報告が飛びかった。僕以外のほとんどすべての友人だけでなく、高校時代に話したことがない同級生にまで売りこみをかけていたようだったけれど、最後まで僕のところにだけは連絡が来なかった。

そのうち、同級生に情報商材を売ることを諦めたのか、それともそもそもビジネスを諦めたのか、被害報告が更新されることはなくなり、片桐が話題に上ることもなくなった。どこかでちらりと、あまり有名でない不動産会社だか証券会社だかに就職したらしい、という話を聞いた気がするけれど、もしかしたら別の友人の話だったかもしれない。どちらにせよ、あまり興味のない話だった。

　再会するまでの片桐と僕の関わりは、ざっとそんなところだ。高校時代に仲が良かったけれど、卒業してから疎遠になった、ちょっとイタい友人――簡潔に表現するとそんな感じだろう。

　よくある話だ。学生時代、自転車に二人乗りしながら、こいつとは死ぬまでずっと一緒に遊ぶのだろうと思っていたのに、ある時期を境に一切連絡も取らなくなる。喧嘩したわけでも、決定的な仲違《なかたが》いがあったわけでもない。ただただ、理由もなく縁がなくなるのだ。僕には何人か、そういう友人がいる。僕だけでなく、誰しもそういう友人がいるのではないか。

　片桐から突然連絡が来たのは四年前のことだった。その日、僕は実家の車を借りて豊洲のホームセンターまで運転し、本棚を自作するための木材を運んでいた。途中のガソリンスタンドで給油をしながら、「せっかく車があるので、少し遠回りをしてスーパー銭湯にでも行こうか」などと考えていた。そんなときに、フェイスブックを通じてダイレクトメッセージが届いた。

「久しぶり。たまたま会社でラジオを聴いてたらお前の声がしてびっくりしたよ」

　片桐からのメッセージにはそう書かれていた。久しぶりの連絡に少し驚きながら、すぐに「ああ、今日がオンエアだったのか」と返した。間髪を入れずに返信したのは、時間を空けると、どう返していいかわからなくなりそうだったからだ。

「全然知らなかったけど、お前いつの間にか作家になってたんだな。今アマゾンで本を買ったよ」

「ありがとう。でも別に読まなくていいよ」

「そんなつれないこと言うなよ。作家って、他人から感想をもらうのが一番嬉しいんだろ？」

「人によるんじゃないかな。本を買ってくれた時点で十分ありがたいし、何よりお前に読んでほしくて書いたわけではないから」

「その遠慮しない性格、昔から変わってないな」

そんな感じで、給油が終わったあともしばらくメッセージのやりとりが続いた。僕は車から外に出て、自販機で缶コーヒーを買った。昔の友人と久しぶりに話すと、独特の緊張感のようなものがある。懐かしさや気恥ずかしさ、微妙な距離感。頭の中が遠い昔にタイムスリップしたようで、周囲の景色も違って見えてくる。僕は高校時代を思い出していた。夏休みに原宿まで一緒に買い物にいったこと。片桐がエイプで一万円のTシャツを買っていたこと。放課後に『ロード・オブ・ザ・リング』を観たこと。一緒に幕張駅まで歩き、総武線で津田沼の予備校に通ったこと。

スマホを触りながら、自分がどこかフワフワしているような気がしていた。片桐とのやりとりが一段落し、現実に戻ってくるまで運転を再開するつもりはなかった。

空き缶を捨てて、車に戻る途中で「今どこに住んでんの？」と聞かれた。僕は正直に「四ツ谷」と答えた。偶然にも、片桐は信濃町に住んでいた。

「え、めっちゃ近いじゃん！」

片桐は続けて、「今家にいる?」と聞いてきた。再び、僕は正直に「豊洲から車で自宅に向かっている」と答えた。

「今から近くで飲もうよ」と片桐が言った。

「ごめん、これから銭湯に行く予定なんだ」

「それなら俺も一緒に行くわ」とすぐに返信が来た。

この図々しさだ、と僕は感心した。図々しくて無神経で、「自分がしてほしいことを他人にしましょう」という黄金律に、一切疑うことなく従っている。どれだけ酔っ払っていても、この会話の流れで、僕は「それなら俺も一緒に行くわ」とは言えない。

僕は数秒迷ってから「オッケー」と返した。「途中で拾うよ」


こうして妙なことに、僕たちは二人でスーパー銭湯へ行くことになった。信濃町で片桐を拾い、目的地へ向かった。

どうやら片桐にとって、作家になって本を出すことは、オリンピックで金メダルを獲ることや、ノーベル賞を受賞することに匹敵するほどの偉業であるようで、「お前はすげえよ」とか、「知り合いから有名人が出るとは思わなかった」とか、そんなことを何度も言われた。嫌な気はしなかったけれど、だんだん恥ずかしくなってくるのも事実で、僕は何度も「たいしたことじゃない」と口にした。

一緒に風呂に入ってから、銭湯に付設されていた休憩所で夕食をとった。片桐はビールを飲み、このあと運転しなければならない僕はウーロン茶を飲んだ。久しぶりに会った友人とたいていの場合するように、お互いの近況を話した。

片桐は三ヶ月前に金融機関を辞め、独立してトレーダーになったばかりだと言った。「順調なの？」と聞くと、「もちろん」とうなずいてから、自分がどれだけの大金を動かしているか、先月の相場でどれだけ儲けたか、そんな話を始めた。僕にはよくわからない話だったし、そもそも片桐の近況にも投資の話にも興味がなかったので、あまり真剣に話を聞いていたわけではなかった。何億円とか何百万ドルとか、普段耳にしない桁の金額が話題に上ると、「そりゃすごいね」と適当に相槌を打った。

もしかしたら、僕はあまりにも露骨に興味のない態度をとっていたのかもしれなかったし、そのことが片桐にも伝わってしまったのかもしれない。しばらく話をしてから、片桐は「まあ、俺のことはどうでもいいんだよ」と言った。「お前に比べたら全然たいしたことない。俺の商売なんて、才能がなくても知識さえあればできる」

こういった場合にどう答えるべきかくらい知っている。「そんなことないよ」だろう。僕は意地の悪い人間なので、答えが誘導されていると感じると、「絶対に口にするものか」と覚悟を決めてしまう。

僕は「なるほど」と口にした。

「でも、お前の仕事は才能がないとできない」

今度こそ「そんなことないよ」の出番だった。僕は首を振った。「作家は、むしろなんの才能もない人間のために存在する職業だ」

謙遜しているわけではなく、もちろん意地悪でもなく、僕は事実としてそう思っていた。小説家に必要なのは才能ではなく、才能のなさなのではないか。普通の人が気にせず進んでしまう道で立ち止まってしまう愚図《ぐず》な性格や、誰も気にしないことにこだわってしまう頑固さ、強迫観念のように他人と同じことをしたくないと感じてしまう天邪鬼《あまのじゃく》な態度。小説を書くためには、そういった人間としての欠損——ある種の「愚かさ」が必要になる。何もかもがうまくいっていて、摩擦のない人生に創作は必要ない。

僕はそんなことを考えていたが、片桐には話さなかった。この種の話が伝わる相手だとは思っていなかったからだ。

「いや、すごいと思うな。お前もすごいし、高校の同級生はみんなすごいと思う。みんな本物だよ」

みんな本物だよ——僕にはそれが、お世辞ではなく、片桐の本心に感じられた。彼は彼なりに、容赦なく襲いかかってくる現実に傷つき、そこから立ちあがろうと努力してきたのかもしれない。夢に敗れ、プライドをへし折られ、それでも成功しようと必死になって、トレーダーの道を選んだのかもしれない。少なくとも僕は、片桐が現実に敗れた例をいくつか知っていた。リレーのこと。受験のこと。おそらく、生まれて初めて片桐に同情した。

淀んだ空気を変えようとしたのか、それから片桐は僕を質問攻めにした。「どうやったら設定を思いつくのか」とか、「どうやったらあんなに長い文章が書けるのか」とか、普段小説をあまり読まない人がよくする質問だった。僕はそれぞれの質問に、当たり障りのない答えをした。「次に会ったとき、本にサインしてくれ」という片桐のお願いに、「もちろん」とうなずいたところで、僕は立ちあがった。そろそろ頃合いだろう。

二人で車に乗り、横から細かく運転の指示を出してくる片桐にうんざりしながら、彼を駅まで送った。家の前まで送ろうとしたけれど、「安アパートに住んでるから見られたくない」と彼が断った。そんなことを気にする人間がいるのかと、僕は素直に驚いた。

それが四年前のすべてだ。僕たちは「近々また会おう」と言って別れ、再び疎遠になった。それ以降、片桐から連絡が来ることはなかったし、もちろん僕から連絡することもなかった。


こういう話なら、誰にでも似たような経験があるのではないか。ひょんなことで昔の友人と再会し、いくらかぎこちない時間を過ごす。最後に「また会おう」と言って別れる。たいていの場合、この種の話はここで終わる。奇跡的に交わった二つの人生は、その後二度と交わることなく、ただただ時間だけが過ぎていく。

片桐と銭湯に行った話も、そういうありふれた話の一つになるはずだった。

その年の忘年会で片桐と会ったことをネタにした。そういえばあいつ、学生起業して上場させるとか言ってなかったっけ。言ってた、言ってた。あの話、どうなったんだろうね——そんな感じでひとしきり盛りあがって、すぐに話題が変わった。それ以降、片桐のことを思い出すこともなくなった。銭湯に行った夜のことも、リレーの選手のくだりも、遠い記憶となって薄れていき、いずれ完全に消滅するはずだった。

高校の同級生の轟木《とどろき》から「面白い話があるから飲みに行こう」と誘われたのは、二年前の冬のことだった。轟木とは卒業後も比較的仲が良く、彼の結婚式にも行っていた。毎年の忘年会に参加する何人かのメンバーの一人で、外資の金融機関で働くエリートだった。

轟木が個人的に僕を飲みに誘うのは珍しかったし、何より「面白い話がある」と言われたのも初めてだった。

「お前、たしか片桐とまだ交友があるんだよな」

新橋の居酒屋で合流すると、轟木がそう切りだした。

「いや、ないよ。結構前、たまたま一緒に銭湯に行っただけだ。あれ以来、片桐とも銭湯とも関わっていない」

「あ、そうなんだ。てっきり仲がいいのかと思ってた」

轟木は「まあいいや」と続けた。「どっちにしろ、面白いことに変わりはないし」

「その『面白い話』っていうのは、片桐に関することなの？」

「うん」とうなずいて、轟木はスマホを手に取った。しばらく何かを操作してから、居酒屋のテーブルの中央にスマホを置いた。「これを見てほしい」

画面には、誰かのインスタグラムのアカウントが表示されていた。「ギリギリ先生」という名前で、肉寿司の写真をアイコンにしていて、フォロワー数は四万人ほどだった。アップされていた写真をざっと見たところ、寿司の写真やどこかのビルから撮った夜景、レクサスの写真やファーストクラスの座席、高級な腕時計の写真などがアップされていた。いくつかの写真は有名な会社の社長やスポーツ選手などとのツーショットで、右側に写っている人物の顔には見覚えがあった。

「片桐か」と僕はつぶやいた。キートンの高級スーツを着て、ツーブロックをジェルで固めた片桐が、どの写真でもまったく同じ笑顔でこちらを見ていた。

「俺も最近まで知らなかったんだけど、金融界隈ではちょっとした有名人らしくてね。個人トレーダーとして成功して、八十億円を運用してるらしい。有料ブログ会員も数多くいるみたいだし、そっちの利益もかなりあるって話だ。六本木のタワマンに住んでて、特注のレクサスに乗ってる。インスタにアップしてる腕時計はどれも一千万以上するみたい。まあ、投資家と商材屋のアマルガムで、相当羽振りがいいって話」

「どうやって知ったの？」

「大学の同期がどっかのセレブパーティーで知り合ったらしくて、それ以来資産運用をしてもらってるようでね。写真を見た瞬間にビビったよね。これ片桐じゃんって」

「片桐だね」

轟木はゆっくりとうなずいてから「そう。あの片桐だ」と言った。僕たちにとって、「あの片桐だ」という言葉は様々な意味を含蓄している。あの、口だけの片桐だ。あの、大学受験に失敗した片桐だ。あの、情報商材を売り歩いていた片桐だ。

「銭湯に行ったとき、独立して順調だって話はしてたけど、まさかトレーダーの才能があったとはね」

僕には投資の知識もなかったし、金融の知識もなかった。具体的にどういう能力がトレーダーとして成功するために必要なのか知らなかったし、興味もなかった。こうして片桐が金持ちになっていると知ってもそんなに驚かなかった。

「人生、どう転ぶかわからないね。あいつ、みんなに認められたくて必死だったじゃん。その必死さが何かを開花させたのかな」

「かもね」と僕はうなずいて、「でも、二つだけ明確に言えることがある」と続けた。

「なに？」

「一つは、一切羨ましいとは感じないこと。もう一つは、何があっても自分の金を片桐に預けようとは思わないこと」

「間違いないね」と轟木が同意した。「あいつがどれだけ成功しようと、自分でもびっくりするくらい嫉妬心が生まれない」

その年の高校の忘年会は片桐の話で持ちきりだった。その間にインスタグラムの「ギリギリ先生」のフォロワーは六万人に増えていて、Twitterにも二万人のフォロワーがいることがわかった。投稿内容は主に金持ちの日常生活に関することで、ときおり時事ニュースや為替、株価の動向に触れたり、「成功するために必要なことは何か」みたいな話をしたりしていた。それなりに有名な青年実業家やユーチューバー、スポーツ選手などとも親交があるようで、そのうちの何人かは片桐に資産を預けているらしい。

片桐には熱心な「信者」もいて、彼の投稿に欠かさず返信をしているアカウントもいくつか存在した。「百億稼いだ男の投資講座」という月額一万円の会員向けブログでは、投資の話についてかなり具体的に述べているという。

誰かが「ジャンケンで負けたやつが有料ブログ会員になろう」と言いだした。片桐が会員向けに、どのようなブログを書いているか知りたくなったのだ。

負けたのは轟木だった。クレジット情報を打ちこむ段階で、轟木は「金を払うのは構わないけど、絶対に自分の名前を使いたくない」と嫌がった。「二万払うから、誰か代わりに登録してくれ」

話し合いの結果、僕が登録することになった。僕は自分の名前を使って片桐のブログを購入することに比較的抵抗がなかった。もし片桐から個人的に連絡が来たら、それはそれで面白そうだと思っていたくらいだった。面倒なことになったら、小説のネタにすればいい。

僕はすぐにクレジットカードの情報を登録して、有料会員になった。ブログを開くと、いくつもの記事が出てきた。「一目均衡表」だとか「ダウ理論」だとか、パッと見た感じ、相場に関する専門用語などが並んでおり、僕にはあまり理解できなそうだった。僕は自分のスマホを轟木に預け、「何か面白そうな記事があったら教えてくれ」と言った。

それからしばらく轟木は忘年会の会話に参加せず、熱心に有料ブログを読み耽っていた。

「で、どうだったの？」と誰かが質問すると、轟木は「まだ途中だけど」と断った上で、「非常に興味深いね」と答えた。

「興味深い？」

「うん。たとえば最新の記事では『エリオット波動理論』について書かれている」

「なんだか胡散臭そうな理論だな」

「その感覚で正しいよ」と轟木はうなずいた。「『エリオット波動理論』はチャート理論の一種で、チャート理論っていうのは、株価や為替の上昇トレンドと下落トレンドの変わり目を分析するためのものなんだ」

「で、そのなんちゃら波動理論ってやつは、どういう理屈なの？」と僕は聞いた。

「相場の上昇と下落のリズムには、自然界と同様に一定の法則があるっていう理論の一つだ。

『エリオット波動理論』は上昇が五回、下落が三回のリズムが繰り返されるというもので、チャートを黄金比の理論で読み解けると主張している。黄金比――つまりフィボナッチ数列で上昇幅や下落幅が予測できるというんだ。具体例として、片桐が二年前にこの理論を適用して、四千万円儲けた話が書いてある」

「その記事を読んで、お前はどう感じたの？」

「ぶっちゃけると、少し感心した」と轟木は答えた。「この手のブログの中ではかなり丁寧だったからね。自分が運用した例が株価のグラフとともに書かれてるし」

「ちなみに、理論自体は正しいものなの？」

「それは答えるのが難しい質問だね。俺は個人的に、人間が理解可能なあらゆるチャート理論はインチキだと思ってるけど、実際にはかなりの人が何かしらのチャート理論を信じている。で、チャート理論を信じている人がある程度いると、売りや買いのタイミングが揃ってしまい、実際の相場もその通りに動いてしまうんだ。そういったメタ的な観点でチャート理論を利用しているトレーダーも一定数存在するし、なんとも言えないっていうのが正直なところだね」

「なるほど」と僕はうなずいた。「それなら、片桐はチャート理論を広めることで相場をコントロールして、自分だけ儲けようとしている可能性もあるってこと？」

「それはまあ、否定できないけど……」と轟木は腕を組んだ。「たかだか個人ブログが相場に影響を与えるとも思えない。まあどちらにせよ、あまり褒められた儲け方ではないことは間違いないね。片桐が本気でこれらのチャート理論を信じているならバカだと思うし、会員を騙すために書いてるなら詐欺に近いと思うし」

　轟木はいくつかのブログ記事をメモしてから僕にスマホを返した。その後も飲み会にあまり積極的に参加せず、自分のスマホでずっと何かを調べていた。忘年会がお開きになり、店から出る途中のエレベーターで、轟木はぽつりと「腑に落ちないね」とつぶやいた。

「何が？」と僕は聞いた。

「ブログによると、片桐は八十億円を毎月二パーセントの利回りで株式運用しているらしい。月二パーセントってことは、複利計算すると年リターンで二十七パーセントだ。つまり、毎年八十億円を百億にしていることになる。片桐は少なくとも二年間、この利回りを維持している。調べた限りだと、今まで配当が遅れたこともないみたいだし」

　二年前といえば、ちょうど二人で銭湯に行ったころだった。

「それのどこが気になるの？」と僕は聞いた。

「天才でもない限り、そんなに勝てるはずがない。もちろん、まだ二年だし、運がよかっただけって可能性も否定できないけど。まあ考えられるのは、八十億運用してるっていうのが嘘の可能性。実際にはもっと少額で、配当は有料ブログから出しているのかもしれない。あるいは、インサイダーなんかで不当に儲けてる可能性もある。それか――」

「片桐が天才である可能性」と僕は口を挟んだ。轟木は「その可能性は考慮してなかったな」と笑った。「まあ、俺はいつかコケるんじゃないかと思ってるけど」

「コケないで、ウォーレン・バフェットになるかもしれない」

「そのバフェットの利回りが年に二十一パーセントなんだよ。お前は、片桐がバフェット以上の天才に見えるか？」

「わからない」と答えながら、僕は片桐の有料ブログを登録解除した。「ただ間違いなく言えるのは、あいつが天才だろうとなんだろうと、一円たりとも自分の金を預けようとは思わないってことだね」

「ああ、その通りだ」と轟木はうなずいた。


その後も僕は、「ギリギリ先生」のSNSをたまにチェックしていた。フォロワー数は順調に伸びていたし、腕時計のコレクションも増えているようだった。一緒にツーショット写真を撮る著名人の格も上がってきており、テレビで毎晩見るような芸能人から資産を預かったことなども報告していた。

もし、片桐から「一緒に写真を撮らせてほしい」と頼まれたら、僕はどう対応するだろうか、そんなことを考えた。僕程度の作家では、片桐が交際している著名人に比べて格が落ちることは自覚していたけれど、「高校の同級生で、作家として活躍している小川くんです」という紹介の仕方はあり得るだろうと思った。その後に「昔はよく二人でヤンチャしてました。今ではお互い、別々の道で頑張っています」みたいな文章が続くのだ。

想像して、すぐに「絶対に嫌だな」と感じた。そういう風に過去が美化されるのも嫌だったし、現在が美化されるのも嫌だった。何より、そういった形で片桐の金儲けに加担することだけは避けたかった。


片桐から再び連絡があったのは、忘年会から半年が経ったころのことだった。

フェイスブックのダイレクトメッセージには、「久しぶり。どうやら活躍してるみたいだね」と書かれていた。僕は「そっちこそ。みんなお前の話で持ちきりだよ」とすぐに返した。

「実はそのことで話があるんだけど、一緒に食事とかどう?」

少し迷ってから「いいよ」と僕は返した。店は片桐が予約してくれるそうで、三日後に六本木の寿司屋で会うことが決まった。

ちょうど片桐とのやりとりが終わったあたりで、轟木からも連絡がきた。轟木からのメッセージにはどこかのサイトのURLのリンクとともに、「見てくれ」とだけ書かれていた。

リンク先は個人のブログで「ギリギリ先生の炎上まとめ」という記事だった。ギリギリ先生の有料ブログを購入した人物が「エリオット波動理論」に関する記事を読み、他の有料ブログと内容がまったく同じであることに気づいたのが発端らしい。ギリギリ先生が相場で四千万円稼いだとされる運用記録も、元記事からそのまま書き写していた。告発者がその疑義をTwitter上で指摘すると、「有料ブログの内容を無許可で転載した」として、ギリギリ先生は逆に「法的措置をとる」とダイレクトメッセージを送ってきたという。

告発者は一連のやりとりを記事にまとめて公開した。その記事を読んだ何人かの有志が、検証のために片桐の有料ブログ会員になったが、すでに当該記事は消されていた。

しかし、問題はそこで終わらなかった。「ギリ先の嘘を暴く会」というアカウントの検証によると、ギリギリ先生の有料ブログのすべての記事が、他の有料ブログや投資関連書物からコピー&ペーストしたものであったことが発覚したのだ。ギリギリ先生はすでに有料ブログを閉鎖し、Twitter上で「出典を書かなかったのは私の落ち度です」と謝罪していたけれど、批判が収まる様子はなく、返金騒動にまで発展しているという。

騒動について検索した限りでは「ギリギリ先生は高級時計やレクサスを売ってでも、今すぐに全額返金すべき」という意見や、「元ネタの記事を書いた人に慰謝料を払うべき」という意見が中心的だった。興味深かったのは、無視できない数の擁護があったことだ。「天才トレーダーが有用だと判断して転載したのだから、それだけで価値がある」という意見や「貧乏人が成功者を妬《ねた》んでいる」という意見もあった。

そういった擁護の意見の一つに目を引くものがあった。投稿者は母子家庭の高校生で、「家計が厳しいので運用して増やしてほしい」と、ギリギリ先生に毎年貯めていたお年玉を十万円預けようとしたらしい。ギリギリ先生は「投資とは余ったお金を有用に使うためのもので、お金に余裕のない人が投資によって一発逆転を狙うのは間違っている」と諭し、高校生から渡された十万円を突き返したという。その上で、「この金を自分自身に投資しなさい」と言って二十万円をくれた――そういうエピソードが書かれていた。

僕が調べた限り、その話は真実のようだった。高校生のアカウントは本物だったし、ギリギリ先生にもらった二十万円で高校生が資格用の予備校に通いはじめたのも本当だった。その高校生は片桐に深く感謝していた。「ギリギリ先生の教え通り、投資ができるだけの経済的余裕が持てるよう、とにかく必死に勉強しています」という投稿とともに、簿記検定の教科書が写されていた。僕はその話がサクラや自作自演でないと確信していた。片桐が他人のブログを剽窃《ひょうせつ》したのも事実だし、そうやって儲けた金で母子家庭の高校生を助けたのも事実なのだ。どちらも片桐という人間の持つ特性だった。実力もないくせに目標だけは高い。うんざりするほどお節介で、それが世界共通の道徳だと信じている。

「見たよ」

僕は轟木にそう返信した。

すぐに「感心して損したね」と轟木から返ってきた。

「有料ブログを返金してもらっても、お前には返さないよ」

「問題ない」

僕は母子家庭の高校生のエピソードを轟木に紹介した。轟木は「いい話だな」と言った。「でも、剽窃が許されるわけではない」

「その通り」と僕は返信した。「当然、なんの免罪符にもならない」

三日後に六本木の寿司屋で会った片桐は、僕の知っている片桐と大きく違っていた。真っ白だった顔は日焼けしており、光沢のあるスーツを着て高そうな腕時計を巻いていた。いかにも金持ちそうな雰囲気というか、いかにも如何《いかが》わしい商売で成功していそうな雰囲気だった。もちろん彼の顔はインスタグラムで何度か確認していたけれど、実物を目にすると違和感が際立った。

「久しぶりだな」と片桐が言った。

「そうだね」と僕はうなずいた。「銭湯以来だ」

個室に入ってきた店員が、寿司ネタの魚に関する長い説明を始めた。僕はうわの空で聞いてから、一杯二千円の日本酒を注文した。前菜は茶色い何かを立方体に固めた何かで、上には金箔がまぶしてあった。

片桐と一緒に食事をする上で、僕には二つだけ決めていたことがあった。一つは、何があっても彼とツーショット写真を撮らないこと。もう一つは、どれだけ高くても食事代を割り勘にすること。お任せコースが三万円だと聞いて、僕は財布の中身を確認した。

乾杯をしてから、片桐は「お前が知ってるかどうかわからないけど、結構ヤバめの事態になってる」と切りだした。

「知ってるよ」

知らないふりをしようか少し迷ってから、僕は正直にそう答えた。嘘つきの前で嘘をつきたくなかった。「騒動のまとめみたいなやつも読んでるし、Twitter でも調べた」

「話が早いね。そういうわけで俺は今、とても困っている」

「まあ、自業自得なんじゃないかな」

一瞬、なんともいえない表情を浮かべてから、片桐は「そうだ」とうなずいた。「で、俺はどうすればいいと思う？　お前も作家として、炎上くらい経験してるだろう」

「ないよ」と僕は即答した。「ＳＮＳはやってないし、炎上するほど知名度があるわけでもない」

「そうか。お前ならどうすればいいか、知ってそうな気がしたんだ」

「炎上した経験がなくたって、どうするべきかくらいはわかる」と僕は言った。「自分がやったことをすべて正直に認め、きちんと反省する。『出典を書かなかったのは私の落ち度です』じゃ、みんなは納得しない。最低限、『私には自分の力でブログを書くだけの能力が不足しており、他人の記事を無断転載していました。それによって、不当な利益を得ていました』くらいのことは言わなければならないね。その上で、無断で転載した人には誠実に謝罪する。有料ブログ会員だった人の返金に応じる。大事なのは、正直さと誠実さだ」

「それは難しい」と片桐は俯《うつむ》いた。「俺に金を預けてくれている顧客の中には、『あいつらは成功者を妬んでいるだけだから、謝ることはない』と言っている人もいる。完全に罪を認めると彼らを裏切ることになる。場合によっては、投資を引き揚げられてしまうかもしれない」

「じゃあ、彼らを裏切らなければいい。罪を認めず、炎上し続ければいい。君は多くの人からブログ泥棒として嫌われ続けるけれど、本業の投資は守られる。それでいいなら、そうすればいい。簡単な話だ」

それきり片桐は何も喋らなくなった。ときおり何かを言いたそうにこちらを見てきた。そのたびに僕は冷たい視線を返した。本気で謝罪するつもりがあるならば、寿司に三万円を使う前に、その三万円を会員に返すべきだった——そう口にしようかと思ったくらいだった。

しばらくしてから片桐が「辛いんだ」とつぶやくように言った。「ときどき、これ以上嘘をつくのがどうしようもなく辛くなる。でも、どうすればいいのか自分でもわからない」

「僕にはわからないし、一切興味もないんだけれど、どうやら君には投資の能力があるらしい。それで十分なんじゃないかな。ＳＮＳでチヤホヤされたり、有料ブログで信者を囲ったり、芸能人の金を増やして喜んでもらったり、そういうのを全部やめて、一人で勝手に自分の金を増やせばいい。それで、増やして余った分を、目の前の困っている人に『投資』してあげればいい。かつて君が、母子家庭の高校生に対してそうしていたように」

「それもそうだ」

片桐はうなずいた。彼の顔面だけが無重力空間に飛びだしたように、とてもゆっくりと、何度もうなずいた。「でも、そんなに簡単な問題でもないんだ」

一人で会計しようとした片桐に割りこんで、僕は四万円を差しだした。片桐は「俺が呼びだしたんだ」と言って、僕の金をなかなか受けとろうとしなかった。

「ブログ会員から不当に巻きあげた金で寿司を食いたくない」と言うと、片桐は肩を落とし「わかった」とうなずいて僕の金を受けとった。

ツーショット写真も拒むつもりだったし、どうやって断るか準備もしていたけれど、片桐は最後までそのお願いはしてこなかった。店外の待ち合い用の長椅子で、片桐が持ってきた僕の本にサインをしてから解散した。

別れ際、「じゃあ、また」と片桐が言った。僕は「ああ」と応えながら、もう二度と彼と会うことはないような気がしていた。その日、片桐はずっと辛そうだった。それはおそらく、彼が炎上している、という理由だけに起因しているわけではなかった。片桐はきっと、僕や、僕以外の同級生とどうやって接すればいいのかわからないのだ。片桐という人間と「ギリギリ先生」というキャラクターがあまりにも乖離《かいり》してしまったせいで、過去を知っている人間と過ごすことができなくなってきているのだろう。

僕と会った次の日、ギリギリ先生は長文の謝罪記事を投稿した。その記事には、ブログの転載に至った経緯が詳細に、そして率直に書かれていた。ギリギリ先生は自分の過ちを認め、自分の心の弱さを認め、転載元の記事の執筆者に深くお詫びをしていた。有料ブログ会員からの返金要求に応じることや、今後二度とこのような真似をしないことなどが長々と書かれていた。彼の文章は読みづらく、小説家の立場から見ると構成にも問題があったけれど、それがかえって彼の誠実さを伝えているような気もした。もちろん、それだけで炎上が完全に収まったわけではなかった。いまだに怒っている人は多かった。それまで彼を盲信していたけれど、今回の一件で目が覚めたという人もいた。

そういった人々の怒りの炎は鎮火することなく、世界のどこかで燃え続けていた。それも仕方のないことだ、と僕は思った。この世には、謝っても許されないことが無数にある。片桐はその一線を越えてしまった。

僕はその日以降も、ときおり「ギリギリ先生」について調べるようにした。片桐は謝罪記事を投稿してから完全に黙ってしまい、ＳＮＳも更新されなくなった。何人かの投資家は、すでに片桐に預けていた金を引き揚げたようだった。

「ギリ先の嘘を暴く会」が、次の告発をしたのはそれから二週間後だった。

ギリギリ先生のインスタグラムにアップされていた六本木の自宅写真が、ネット上から拾ってきたものだと発覚したのだった。その後も続々と、ギリギリ先生の「嘘」が暴かれていった。彼のスーツや腕時計がレンタル品であったことが暴かれ、特別カスタムのレクサスが別人の名前で車検登録されていることが暴かれた。

「今すぐ自宅の写真を撮れ」と言われたギリギリ先生はSNSを再開して「すでに六本木からは引っ越している」と反論した。「腕時計は貸金庫に預けていて手元にないし、車は節税のために法人で購入した」と言った。慌てて準備したスーツの写真は、「ギリ先の嘘を暴く会」による詳細な分析の結果、以前アップしていたものとはサイズが違うことが発覚し、「またレンタルした」と炎上した。

僕はしばらく理解できなかった。片桐は贅沢な暮らしがしたくて金儲けをしていたのだと思っていた。だが実際には、彼の散財はすべて嘘だったのだ。タワマンも、腕時計も、車も嘘だった。なんのために、八十億円も集める必要があったというのだろう。

いや、むしろ逆だったのではないか、と僕は気づく。八十億円を集めるために、贅沢な暮らしが必要だったのだ。人々は虚像を信じる。片桐は必死に、成功者としての虚像を構築したのだった。そうして金が集まり、その金で片桐は成功した。

炎上が一段落したころ、「ギリ先の嘘を暴く会」が「これで終わりではない」と言い放った。「次は氏の本丸である『投資』の嘘を暴きたいと思っており、広く情報を募集している」

「少し困ったことになった」と轟木から連絡があったのは、片桐の最後の炎上からしばらく経ったあとだった。僕たちは以前と同じ、新橋の居酒屋で会った。

「前に、片桐に資産を預けてる友人の話をしたよな」

「大学の同期だっけ？」

「そう。実家が有名な小売りチェーンを経営してて、すげえ金持ちなんだけど」

「何かあったの？」

「ゼミの同窓会で会ったとき、片桐の話をしたんだ。片桐に預けてる金は順調に増えてて、すでに二倍近くになってるらしい」

「それはよかったね」

「それだけならね」

「何かあったの？」

「一ヶ月前の話だ。大口の投資家の何人かが片桐に預けていた金を引き揚げたらしい。そのせいで資金繰りが苦しくなったみたいで、同期が『金を貸してくれないか』と言われたみたいなんだ」

「本当に運用していたのなら、資金が引き揚げられても別に困らないんじゃないの」

「どうやら片桐はスイスの銀行をメインバンクにしているらしく、契約上の問題で一ヶ月は引き出すことができないから、一時的に金が必要になったって話だ」

「そんな話、信じるやつはいないと思うけど」

「うん。そうなんだ。もちろん同期も疑った。そしたら、片桐はその場でスイスの口座にアクセスして、百二十億の預金残高を見せてきた。同期はそれを信じて片桐に金を貸した。片桐は二千万貸してくれって言ってたけど、とりあえず二百万だけ貸したそうだ」

「それで？」

「一ヶ月経って、返してもらおうと連絡したら、まったく返事がこない。六本木ヒルズにある個人事務所の住所には月額五万円のコワーキングスペースがあって、片桐は机を一つ借りているだけだった。同期は貸した金だけじゃなく、預けていた金も引き揚げようとしているんだけど、一切連絡がつかなくなっているらしい。同期は片桐がポンジだったんじゃないかって疑ってる。片桐がアクセスした預金残高も、全部嘘だったんだ」

「ポンジ？」

「そういう名前の詐欺のことだ。『高い利回りで資産運用しますよ』って言って金を集めるんだけど、実際には投資をせずに配当だけを渡す詐欺だ。資金が尽きる前に、後から参加した出資者の金を配当に回すことで破綻を回避する。次第に配当の額が大きくなっていくから、そのぶん多くの顧客を集めなければならなくなる。いわゆる自転車操業で、いつか配当を支えきれなくなって破綻する。百年くらい前にチャールズ・ポンジっていうアメリカの詐欺師が用いた手法で、ポンジ・スキームって呼ばれている」

「それが事実なら、片桐はそもそも投資すらしていなかったってことになるのか？」

僕は唖然としながら、そう質問した。片桐が六本木のタワマンに住んでいるというのは嘘だった。高級な腕時計をコレクションしているというのも嘘だった。高級車に乗っているのも、高級なスーツを買っているのも嘘だった。それに加えて、投資していたことすら嘘だったら、彼は一体何をしていたというのだろうか。

「そうなるね」と轟木はうなずいた。「俺は結構早い段階からポンジの可能性を疑ってたんだけど。世界トップクラスのヘッジファンドでも、年率二十七パーセントで資産運用なんてしんどいぜ。どう考えても片桐は金融の素人だし、集めた金をどこにどう投資しているのかも公開していない。同期の話だと、少し前から片桐は周囲の友人に金を借りまくっているらしい。二万貸しただけで感謝されたやつもいたみたいだから、相当金に困ってるんじゃないかな。たぶんもう、財布も口座も空っぽなんだろう」

「率直に言って、信じられない」

　思わず僕はそう口にしていた。

「この期《ご》に及んで、あいつを信じるっていうのか？」と轟木が呆れたような表情を見せた。

「いや、違うんだ」と僕は首を振った。「もちろん、片桐の能力を信じてるってわけじゃない。あいつに投資能力がなかったとしても別に違和感はない。あいつが詐欺師だっていうのなら、たぶんその通りなんだろう。ただ単に、どうしてそんなことをするのか理解できないんだ。片桐はそもそも投資すらしていなかったわけだ。いつかかならず破綻することを知りながら、金を集めて、集めた金を配っていた。そんなことをする意味がどこにある？」

「お前の言いたいことはわかるよ」

「儲けようとして失敗したのなら理解できる。儲けようとして他人を騙していたのなら、それが許されるとは思わないけれど、どちらにせよ理解することならできる。でも片桐は、儲けようとすらしていなかった。他人に借りた金で、膨大な利息を返済していただけだ。架空の帳簿に記された数字を埋め合わせるために、自分の未来を削りとっていたわけだ」

「その通りだ」と轟木が同意した。「ポンジで億万長者になることはできない。そのうち絶対に破綻するし、最後には借金以外何も残らない」

「どうしてそんなことをする必要があるんだろう……」

僕は「それに」と続けた。「ちょっと前、実は片桐から誘われて、一緒に寿司を食べたんだ。二人で八万円もする高級な店だ。僕が無理やり割り勘にするまで、片桐は全額出そうとしていた。必死に頼みこんで二万円を借りて、あいつは八万円の寿司を食っていたんだ」

轟木は「そんなことがあったのか」と驚いてから、「理解できないね」と言った。「ただ、世の中には理解できない人間がいるもんだ。そのことなら理解できる」

帰宅してから、僕はギリギリ先生についてかなり検索した。どこをどう調べても、ギリギリ先生がどういうやり方で投資をしているのか、明確なことは何もわからなかった。調べて出てくるのは、彼が出資者を右肩上がりで集めていたことを示すグラフと、高額な利回りで運用し、三年近く一度も失敗したことがないことを示す表だけだった。真実である必要がないのなら、十分間で作ることのできるグラフと表が、彼の実績のすべてだった。

素人の僕にも怪しさがわかるのだが、実際に騙されている人はかなり存在するようだった。特に根拠もなく、「ギリギリ先生は安心、安全」で、「投資家として天才である」と断言する記事も数多くあった。もしかしたら、そういった記事を信用してしまっている人もいるのかもしれない。轟木が言うように片桐がポンジであるのなら、片桐に投資した人たちは常に新たな出資者を必要としている。新規の出資者から集めた金が、彼らの配当になるからだ。ギリギリ先生の信者は、彼が本当に天才だと信じているとは限らない。詐欺だとわかっているがゆえに、ギリギリ先生の称賛記事を書く、ということもあり得るのだ。巨大な悪意と欲望のサイクルの中心に、ギリギリ先生という空洞が存在していた。

それから数日以内に、ギリギリ先生は完全に破綻した。「ギリ先の嘘を暴く会」によれば、ギリギリ先生は付き合いのあるほとんど全員に対して金を無心していたらしい。手口はどれも同じで、相手の目の前でスイスの口座にアクセスし、預金残高を見せてから金を借りる。約束の一ヶ月が経ってから、返してもらった人は誰もいなかった。「ギリ先の嘘を暴く会」が集めた情報の中には、明らかに轟木の同期だとわかる人物も含まれていた。二百万円を貸したが返ってこないし、預けていた金も引き出せなくなっているという。

ギリギリ先生はSNSのアカウントをすべて削除して逃亡した。僕との連絡用に使っていた片桐本人のフェイスブックアカウントもいつの間にか消えていた。何人もの人がギリギリ先生を訴えるための準備をしており、行方をくらませた彼を探している者もいた。

「ギリ先の嘘を暴く会」は、ギリギリ先生の本名や出身地、経歴を暴き、大学生時代の彼のエピソードも明かされていった。テニスサークルと起業サークルに入ったこと。情報商材を売り歩いていたこと。就職活動に失敗して、地方の小さな不動産会社に就職したこと。その会社のことを、「金融機関」と言い張っていたこと。

ギリギリ先生のエピソードには、高校時代の話もいくつか含まれていた。半分くらいは本当で、半分くらいは嘘か僕の知らない話だった。「東大に入って起業する」と宣言していた話なども書かれていたけれど、リレー選手の話は書かれていなかった。それもそうだ。きっともう、僕以外のみんなは忘れてしまっているに違いない。

僕は轟木に「『ギリ先の嘘を暴く会』に片桐の過去の話を教えたの、お前だろ」とメッセージを送った。

すぐに「バレたか」と返ってきた。

「恨みでもあんのか？」

「まあ同期が騙されたからな。大義名分ならあるだろう。それに、『ギリ先の嘘を暴く会』と仲良くなったおかげで、あいつの情報がいくつも入ってきた。ポンジがバレたあとって、どうなるか知ってるか？」

「考えたくもないね」

「資産を預けていた者たちの間で、片桐の残った資産をどれだけ回収できるか競争が始まるんだ。それぞれの債権者から凶暴な取立て屋が派遣されて、一日中追い立てられる。片桐はここ数週間くらい、ヤクザにしばかれ続けていたらしい。あと、片桐が実際に集めた金は数億円くらいで、八十億っていうのは嘘だったらしいな。だからこそ、なかなか破綻しなかったんだけど」

「今はどうなってる?」

これ以上のことを知るのが辛くなって、この何日かは片桐について調べるのをやめていた。

「捕まった。どうやら保釈金が払えないみたいで、払ってくれる人もいないらしい。本当に無一文なんだろう。ギリ先の信者がクラウドファンディングで保釈金を集めようとしたけど、出資者がいなくて失敗したって話も聞いたね」

僕と片桐の話はこれで終わりだ。

今後、僕が片桐と会うことはないだろう。彼はもう、完全に他人だった。昔、それなりに仲が良かった高校の同級生が詐欺師になり、最後には破綻して消えた——そういうエピソードとして、あるいは何らかの教訓として、僕の人生の余白に書きこまれただけだ。

それでも、いくつかの疑問が僕の中に残り続けていた。どうして片桐は、最初から勝ち目のない「投資」に手を出したのだろうか。結局、片桐は何も手にしなかった。贅沢な暮らしも、膨大な資産も、投資家としての名誉も、何も残らなかった。そればかりか、何かが残る可能性すら、はじめから存在していなかった。片桐はなぜ、決して手に入るはずのない黄金を摑むために、自らを取り繕い、フォロワーを増やし、著名人と仲良くなったりしたのだろうか。

僕は初めて話した高校一年生のころから、片桐のことを軽蔑していた。リレーの選手などというどうでもいい役割を得ようと、どうしてそこまで必死になれるのか理解できなかった。でも僕は、片桐のことが嫌いではなかった。片桐は僕と違った価値観を持つ人間だったけれど、彼が「余計なお世話」で他人を救おうとしたところを目にしたこともあった。無関係な喧嘩を仲裁したり、不登校だった同級生を無理やり学校まで連れてきたり。

僕は片桐が母子家庭の高校生に二十万円を渡した話を思い出した。僕の知っている片桐は、そういう男だった。鬱陶《うっとう》しいほど他人に興味があって、目の前で起こっている事態を他人事だと思えない。相手の事情も顧《かえり》みず、土足で踏みこんでいく。「自分がしてほしいことを他人にしましょう」という黄金律に愚直に従い続ける、ひどくお節介で、ひどく不器用な男だった。

片桐は出資者を喜ばせることに生きがいを見出していたのかもしれない——そういう言い方をすると、片桐に肩入れしすぎだろうか。現実に彼を信用して金を預け、それが返ってこなかった人もいる中で、彼に甘すぎるだろうか。でも僕には、そうとしか思えなかった。彼は誰かを騙そうとしたわけではなかった。単に、配当を受けとった出資者の喜ぶ顔が見たかったのだ。問題は、正しい手段で投資をする才能がないくせに、出資者を喜ばせようとしたことにある。自分の能力と、自分のやりたいことが乖離していき、最後には修復不可能なほどの溝になったのだ。

片桐が消えてから一年が経ったころ、僕は四ツ谷から世田谷区に転居した。引っ越し前よりも蔵書の数が増えていて、僕は新しい本棚を作ることに決めた。実家で車を借りて、豊洲のホームセンターへ向かった。

必要な材料を買った帰り道、途中のガソリンスタンドに立ち寄った。そこで僕は、ずいぶん久しぶりに片桐のことを思い出した。四年前、同じように本棚の材料を買った帰り道、片桐から連絡がきたのだ。その後、僕たちは二人で銭湯に行った。

以前と違っていたのは、あれから四年が経ったということと、今日は雨が降っていたということだ。僕は運転席に座り、缶コーヒーを飲みながら、あの日に片桐と話したことを思い出した。詳細は忘れてしまっていたけれど、彼のいくつかの言葉は記憶の断片として脳裏に刻まれていた。

「お前に比べたら全然たいしたことない」

片桐はそう言っていた。「俺の商売なんて、才能がなくても知識さえあればできる。でも、お前の仕事は才能がないとできない」

まるで隣に片桐がいるように、その言葉が僕の耳の中で響いていた。それと同時に、僕の中に留まっていたいくつもの疑問が腑に落ちる感覚を得た。

きっと片桐は、金が欲しかったのではなかった。才能という黄金を摑みたかったのだ。自分に才能がないことを自覚しつつ、たとえ偽物でもいいから、自分の才能を誰かに認めてもらいたかったのだ。だからこそ、はじめから勝ち目のない詐欺に手を出したのだ。

空になった缶コーヒーをドリンクホルダーに置きながら、僕は身震いした。

片桐の詐欺は、最初から成功の可能性が存在していなかった。彼は顔も名前も出していたし、集めた金は配当としてすぐさま消えていった。実際に投資をしていたわけでもないので、元本が増える見込みもなかった。

受験に失敗し、就職活動に失敗した。片桐がようやく一歩前進するたびに、現実は数歩先へと逃げていった。必死に生きれば生きるほどその差が広がっていき、ついには指先の遥か向こうへと消えていった。だからこそ片桐は、その後の自分の人生のすべてを捨ててでも、本物になろうと――黄金を摑もうとしたのだった。何もかもを台無しにして、一夜の花火を打ち上げたのだった。その虚しさに、その恐ろしさに、身震いした。

「みんな本物だよ」という、片桐の言葉を思い出す。

小説家として生きるということは、ある種の偽物として生きるということではないか、そんなことを考える。人生には、かけがえのない、奇跡的な瞬間というものがいくつも存在する。誰かを好きになったり、美しい景色を見たり、美味しい料理を食べたり、そういったものだ。小説家は、それらを文章にしようとする。文章にした瞬間、それらの奇跡が陳腐でありふれた、偽物の黄金に変わってしまうことを知りながら、それでもやめることができない。「決して手に入ることのない奇跡」という黄金を追い続けるために人生を犠牲にしているという点において、片桐と僕は似たようなことをしていると言えるかもしれない。片桐も僕も、結局のところ虚構を売り買いして生きるだけの偽物なのではないか。

適当に流していたFMラジオに混じって、晴海通りを進んでいく車が水たまりを踏みつける音と、雨粒がボンネットを叩く音がしていた。ひどく疲れている気がした。四年ぶりに銭湯に行こうかと思ったが、寄り道するだけの気力もなかった。

ふと、片桐から連絡が来るような気がして、僕はスマホを見た。しばらくそのまま見つめたけれど、いつまで経っても誰からも連絡はこなかった。

偽物

小説家にとって取材の仕事は二つの意味を持つ。

一つは自分が取材を「する側」の仕事だ。作品の設定を考えるため、事実関係を確認するため、あるいは登場人物の経歴を固めるために、書物やウェブでは知ることのできない情報を求めて現地へ向かい、場合によっては関係者に直接話を聞きにいく。最近ではオンラインですませることも多いが、先方の事情や機材の問題などで、遠方まで直接足を運ぶこともある。普段自宅に引きこもっている作家が仕事で出張をする、珍しい機会の一つだ。

もう一つは自分が取材を「受ける側」の仕事だ。主に新刊を出したあとに発生する。雑誌や新聞、ウェブメディアなどに依頼されて、自作のことや自分の人生のことなどの質問に答える。作品のPRになるし、依頼してもらえるだけでもありがたい話なので可能な限り引き受けることにしているが、いくつも重なるとやっぱり疲れてしまう。そもそも僕は、知らない相手と喋りたくないから小説を書いている。

その日も取材の仕事で、僕は京都にいた。前者の「する側」の取材だ。とある作品のため、レーザー核融合ロケットの構造についての話を聞こうと、京都大学の研究室へ向かったのだった。十六時から始まった取材は思った以上に盛りあがり、途中でＳＦ作品におけるロケットの設定の話に脱線したりして、あたりがすっかり暗くなっても終わる気配がなく、同行していた編集者は十九時から予約していた「食べログ３・８の焼き鳥屋」をキャンセルした。研究室を出たのは二十時前で、結局夕食は新幹線の中で弁当を食べることになった。

「グリーン車で帰りましょう」と言いだしたのは編集者だった。「非常に有意義なお話を聞けましたが、物理学の話を四時間聞きっぱなしで、さすがに疲れました」

僕は「別に普通席でいいですよ」と言ったが、編集者が「グリーン車がいいです」と譲らなかった。僕としては別にグリーン車だろうが普通車だろうがどちらでもよかったし、何よりどうせ金を払うのは僕ではないので、「どっちでも同じだろ」と思いながらも、最終的には編集者の案を承諾した。

座席についてから、おそらく自分が生まれて初めてグリーン車に乗っていることに気がついたが、普段より少し席が広い程度で特に感想などもなかった。変わったことといえば、トイレに立ったとき、二つ前の席にテレビで知っているお笑い芸人が座っていたことだ。スマホでTwitterを開いているのがちらりと見えた。

「小川さんですよね」と声をかけられたのは、トイレから戻り、読みかけだった本を手にとったときだった。編集者の声ではなかったので驚いてしまい、手元の文庫本を足元に落としてしまった。本を拾いながら声の方へ顔を向けると、列を挟んだ隣の席に、どこかで見たことのある顔の男性がいた。

「ああ——」

その一瞬で、さまざまな思考が脳内を駆けめぐった。僕は他人の顔と名前を一致させるのが苦手——というわけでもないが、別に得意でもない。

「——ババさん。お久しぶりです」

ぎりぎりのところで名前が出てホッとした。目の前の人物はババリュージという漫画家で、たしか正月の新橋で一度だけ会ったことがある。彼と一緒にいた坂鍋《さかなべ》という編集者の印象が強くて、すっかり忘れかけていた。

「小川さんのご活躍、業界の隅っこから眺めてますよ。昨年出た本もめちゃくちゃ面白かったです」

僕は「いえいえ、活躍だなんて」と応えながら、ババの左腕を見た。新橋で会ったとき、彼がゴツい腕時計を巻いていたことだけはよく覚えている。あのときと同じものかどうかはわからなかったが、相変わらずゴツい腕時計を巻いていた。

「今日は仕事帰りですか？」

「ああそうですね。ちょっと取材で。実は担当編集も同行してて」

僕は後列に座っていた編集者をババに紹介した。声の届く距離に編集者がいるのに、このまま二人で話すのも妙だと思ったし、もっと言うとババと二人きりで話すのも少し気が重かった。新幹線で隣の席に座ってしまったら、東京に着くまで二時間以上も逃げ場がない。

ババと編集者は挨拶をしてから、互いに名刺交換をした。

「肩書きに『ESブックス最高広報責任者』とありますけど、別のお仕事をしながら漫画を描かれているのですか？」

名刺を交換した編集者がババに向かってそう聞いた。彼が「最高広報責任者（CMO）」だということも、そもそもこの世に「最高広報責任者（CMO）」というポストが存在することも、僕だって知らなかった。

「そんな大層なものでもないんです。単なるお飾りの役職ですよ」とババは答えた。「ESブックスは電子書籍——主に漫画をサブスク配信している会社でして、僕の作品もそこに入っているんです。で、ESブックスから頼まれて、昨年からこの意味不明な役職で仕事をすることになったんですよ。といっても肩書きだけで報酬とかもあまりもらってなくて。これしか名刺がないのでお渡ししますが、恥ずかしいばかりです」

「そんな、そんな。同業だというのに不勉強で存じ上げなくてすみません」

編集者とババは、しばらく電子書籍に関する当たり障りのない話をしていた。漫画はすでにかなりの割合でウェブや電子書籍が読まれているとか、ウチの出版社がウェブのレーベルを始めようとしたのだが、技術的に対応できる編集者がいなかったとか、そういうことだ。ところどころで僕も話に参加した。僕の本は電子書籍の売上が全体の一割くらいで、業界の標準がそれくらいなこと。結局のところ、まだ多くの読者は書店で本を買うので、書店員とのコミュニケーションがとても重要なこと。

しばらく聞き流しているうちに、ババが「ちなみに、取材はどちらで？」と口にした。ババがこちらを向いていたので、僕が答えることにした。

「京都市内です。新作のアイデアを確認するために、大学の先生に話を聞いてました。ちなみにババさんは？」

「僕は大阪でオフライン全社ミーティングがあって」

「ESブックスの全社ミーティングですか？」と僕は聞いた。

「いえ、別会社なんですが、そっちでも厄介な仕事を頼まれてて。もう勘弁してほしいんですけど」

そのあたりで編集者がなんとなく離脱して、僕とババは二人で会話を続けた。

「最近はビジネスの方が忙しいんですか？」

「いえ、もちろん漫画もやってますよ」

「だいぶ忙しいのでは？」

「そこは睡眠を削ってなんとかしています。あくまでも漫画が本業ですから、そっちで手を抜くわけにはいきません。小川さんたちに取材した『まんが日本高校昔ばなし』も、おかげさまで非常に好評で。本当、小川さんたちのおかげです」

「いえいえ、僕たちはタダ酒を楽しんだだけですから」と言いながら、思えば僕がババと初めて会ったのも「取材」の場だったと思い出した。

そのときは「される側」の取材だったが、僕の作品に関する取材ではなかった。


一年前、僕とババリュージは正月の新橋にいた。正月の新橋にはサラリーマンが一切いなくて、深夜の墓地のように不気味だったのを覚えている。新年早々に高校の同級生たちと個室居酒屋で酒を飲むことになっていて、そこにババリュージがやってきた。というか、ババの取材を受けるために飲み会がセッティングされた。

ババを連れてきたのは、広告代理店に勤める同級生の加藤だった。加藤はババのほかに、ヘブンリンクスという会社でポータルサイトを運営している坂鍋という人も連れてきた。ババは坂鍋の手がけるポータルサイトで漫画を連載しているらしい。

坂鍋は日に焼けた顔にパーマのかかった髪をジェルで右サイドに固めており、高級ブランドのロゴが大きく描かれたパーカーを着ていた。ひと目見た瞬間、「肉寿司の写真をインスタグラムにアップしていそうな男だ」と思った。僕は「こういった雰囲気の人物には詐欺師が多い」という自己統計学のデータを持っていたこともあり、第一印象はあまり良くなかった。一方、色白で黒縁眼鏡をかけ、灰色のセーターを着ていたババは、人の良さそうな雰囲気の痩せた人物で、坂鍋に比べれば話しやすそうだった。細くて白い手首に、やたらと目立つ腕時計を巻いていたのが印象的だった。

「坂鍋さんは、ウチの会社の取引先のヘブンリンクスで、ポータルサイト『キワマガ』の編集長をやっているんだ。ババ先生は若手の漫画家さんで、去年から『キワマガ』で『まんが日本高校昔ばなし』という連載漫画を描いてて、これがめちゃくちゃ面白くてSNSでバズっててね。知ってる？」

加藤が二人をそう紹介した。同級生たちは「いや」という風に首を振った。

「まあ、あとで読んでみて。マジで面白いから。それで、『まんが日本高校昔ばなし』がどういう漫画かっていうと、高校の同窓会で毎回かならず話す鉄板の昔話ってあるじゃんか。あれを全国から集めた漫画なんだ。ババ先生は他人の同窓会に参加して、そういった昔話を収集して漫画にしてるってわけ。面白そうだろ？　これが実際面白くてさ。で、今回ババ先生は俺たちの高校の昔話を収集しにきたんだ」

急な話だったこともあり、事情がよくわかっていなかった者もいたようで、西垣なんかは「そういうことなのね」と言っていた。「高校時代の思い出話をしたらタダ飯が食えるとしか聞いてなかった」

　実を言えば、僕はその辺の経緯についてはよく知っていた。あらかじめ加藤に相談されていたからだ。年明けに急に集まることになったのも、僕が直木賞の候補になったことなんかもあって、翌週から忙しかったからだ。

『まんが日本高校昔ばなし』については、率直に「コンセプトがうまいなあ」と思った。高校時代の鉄板話が面白かったら、もちろんそれだけで漫画として通用するし、もしびっくりするくらいつまらなかったら「地元の鉄板話を部外者に話すとスベるよね」という笑いになる。どっちに転んでも笑えるという点で、コンセプトがいい。

　僕たちの高校の鉄板話を収集するにあたって、「お前がいないと始まらない」と加藤から言われていた。自覚がないのだが、どうやら僕は昔のどうでもいい話を、他の人よりよく覚えているらしい。もしかしたらその能力は、自分の仕事に活きているのかもしれない。

「よろしくお願いします」と坂鍋が言った。代表者として僕が名刺交換をした。その隣で「ババです」とババリュージから挨拶をされた。「小川さんの著作、とても面白かったです」

　ババリュージは、高価なグラスを食器棚に片付けるときのように、そっと言葉を置くような喋り方をした。いきなり知らない人たちの飲み会にやってきて、少し緊張しているのだろうか。僕は「ありがとうございます」と言った。

ひとしきり挨拶が終わってから乾杯した。

しばらく無言だった。一杯目の酒を飲み終わったあたりで、「さっさと始めよう」と加藤が言ったが、誰も喋ろうとはしなかった。どうやって始めればいいのか誰にもわからなかった。

そもそも同窓会の昔話なんてものは、「さて、これから昔話をしよう。まずはエピソード1『スタビで知り合った女の子と、森嶋《もりしま》が船橋の歌広場へ行ったときの話』」みたいに始まるものではない。お互いの近況だったりゴルフの話だったり、最近行った焼肉屋の話なんかをしているとき、何かの拍子に顔を出すものなのだ。

たとえば誰かがウイスキーを注文する。「山岸《やまぎし》って高校生のころ、カッコつけてウイスキーを銀のボトルに入れて持ち歩いてたよな」と誰かが言う。「スキットルって言うんだよ、あのボトル」「そういや昔も同じこと言ってたわ」「しかも、ウイスキーのふりして麦茶入れてたよな」「酔ったフリもしてた」「さすがに酔ったフリはしてないぞ」「酔ったといえば、中山《なかやま》がバスで車酔いしてゲロ吐いたよな」「あれ、広島だっけ？」「いや、俺も同じバスに乗ってたから高二のとき。長崎だわ」「俺掃除したけど、ゲロがめっちゃネチャネチャしてたんだよ」「あいつスニッカーズ好きだったからな」「スニッカーズ懐かしいな。購買に売ってて一時期めっちゃ流行った」みたいな感じで連鎖していく。連鎖の終点はだいたい何パターンかに決まっていて、それこそが鉄板の昔話だったりする。

沈黙に耐えきれなくなった轟木が「じゃあ小川、ワコールと大貧民をした話をしてくれよ」と言った。「俺、あれ大好きなんだ」

僕は仕方なく、「大貧民で人数分の陰毛を抜くことになったワコールの話」をした。ワコールとは、滝川《たきがわ》というバレー部のセッターの男で、母親が池袋のワコールで働いているという理由からそのあだ名になった。当時僕たちは昼休みによくジュース代を賭けて大貧民をしていたのだが、僕たちの大貧民には「所持金が足りなくなったら小銭の代わりに陰毛を賭けることができる」という特別ルールがあり、敗北したワコールが支払いのために人数分の陰毛を抜いた、という話だ。股間に手を入れて、苦悶の表情を浮かべたあと、指に絡まった数本の陰毛を机に並べていくワコールのこと。「まだ数が足りない」と物言いがつき、もう一度同じことを繰り返したこと。「食事中にする話じゃない」というツッコミも含めて、四、五年に一度、話題に上る鉄板話の一つだった。

流れもへったくれもなく、無理やり捻りだした話だったので、いつもより笑いも少なかったが、それがきっかけとなり、ワコール繋がりで「ルールもわからないまま人数合わせで麻雀に呼ばれたワコールが、東二局で七対子《チートイツ》ドラドラを上がった話」になった。ワコールの鉄板話はその二つしかなかったが、うまく昔話が連鎖して、ワコールといつも一緒にいた河野《こうの》の話になった。河野は野球部を三日で辞めたことで「新浦安のグリーンウェル」と呼ばれていた男だ。背が高く筋肉質で、陸上部みたいな綺麗なフォームで走るのにめちゃくちゃ足が遅かった。

足の速さの話から、リレーの選手になりたくてゴネた片桐の話と、その片桐が本番のリレーで

「ゴボウ抜かれ」をした話なんかもして、最後はみんなで片桐のインスタグラムのアカウントを見た。

時間が経つにつれ、細谷《ほそや》という数学教師のモノマネや、多摩川のアザラシ「タマちゃん」のモノマネも数年ぶりに飛びだしたし、毎年出てくる小島《こじま》の独特なドリブルの話や、その小島がやっていた「アルコバレーノ」というバンドの代表曲「仔羊と渡り鳥」の合唱なども行われた。合唱後は、「仔羊」がいったい何のメタファーなのかという議論で盛りあがった（「渡り鳥」については、すでに「学校というシステムに馴染むことのできない小島自身のメタファーである」という結論が出ている）。

いつの間にか勢いがついていて、僕たちは酒を飲みながら、気持ちよくそれぞれのエピソードを話した。坂鍋がところどころで、「その話、もう少し詳しく話せますか？」とか「その人の別のエピソードはありませんか？」と聞いてくるのが、少し鬱陶しかった。編集者の立場として言っているのかもしれないが、昔話というのは車窓の景色みたいに一瞬で流れ去るから面白いのであって、現場まで立ち戻って仔細に検討したらどんどん粗《あら》が見えてきてつまらなくなる。

ババが口出しをすることは一度もなかった。熱心にタブレットPCでメモを取りながら話を聞きつつ、小さな声で僕たちの話に笑っていた。

二時間ほど経って、「やはり『仔羊』は、義務教育を受ける前の純粋無垢な子ども時代の俺たちのことだ」という意見と、「当時交際していた『アンダーソン百合子《ゆりこ》』という、法律事務所みたいな名前の女《じょ》バスの子のことだ」という意見の対立が煮詰まり、「別にどっちでもよくないか？」みたいな雰囲気になったころ、坂鍋が「いやあ最高です。ババさん、どうですか？」と言った。

「とても面白かったです。もう十分、漫画のネタは集まりました」

そのあたりで飲み会自体はお開きになった。帰り際にババが僕のところにやってきて、僕の著作を二冊出した。「サインってもらえますか？」

僕は「わざわざありがとうございます」と言ってから、二冊にサインをした。二人と別れてから僕たちは四人で軽く二次会をして、終電前に解散した。


家の方向が一緒だったこともあり、帰りの地下鉄で轟木と二人になった。

「俺はあの漫画家、なんか嫌だったな」

ほとんど無人の銀座線の座席で、轟木がそう言った。意外というか、びっくりした。ババはどちらかというと人畜無害というか、そもそもほとんど喋っていなかった。彼が初見で嫌われる理由が思いつかなかった。

僕は「坂鍋さんじゃなくて？」と確認した。

「坂鍋さんは、たしかに胡散臭い見た目だったけど、ちゃんとした人だと思ったよ。ババだっけ？　あの人は今後関わりたくないね」

ババが僕の本を読んできてくれたことを差し引いても、悪い印象を与えるようなことはなかったように思う。僕はすかさず「なんで?」と聞いた。

轟木は「デイトナの偽物を巻いてたから」と言った。僕はあまりにも想定外の理由だったのでしばらく唖然としてしまってから、「どうして偽物だってわかったの?」と聞いた。

「俺だってそんなに腕時計に詳しいわけじゃないけど、一目でわかるよ」

「いつ見たの?」と僕は聞いた。たしかにババが腕時計を巻いていたのは覚えていたが、それがロレックス(の偽物)だったことすら知らなかった。

「あの漫画家、腕時計を見せつけるように机の上に両手を置いてただろ。いくらでも機会があったわ。仕事柄、ああいうタイプってよく会うんだけど、まあ絶対に出資しちゃいけないね」

轟木は外資の金融機関で働くサラリーマンで、日ごろから初対面の相手を値踏みしているのだろう。きっと僕なんかよりもずっと他人を見る目があるに違いないが、偽物の時計を巻いていたというだけでそこまで言う必要があるとは思えなかった。

「ババさんみたいなタイプってこと?」

「そうだよ。おとなしそうに見えるんだけど内面はギラギラしてて、ギラギラしてるってことはコンプレックスの塊なんだ」

「今日会った感じ、そんなに嫌な人だとは思えなかったけどな」

「初対面でヤバいやつは、そもそも社会で生きていけないだろ。ゴミみたいなやつも、最初は普通の人間を装うもんだよ」

それはそうだ、と思いつつ、しかしそれではあまりにもババが不憫《ふびん》だ、とも思った。

「ちょっと会っただけでろくに話もしてないのに、あんまりな言い方だな。僕にはそうは見えなかったけど」

そんなつもりもなかったのに、気がつくと僕はババの擁護をしていた。轟木も少し言いすぎたと反省したのか「たしかに、内面まではわかんないけど」と訂正した。「でもどのみち、偽物のデイトナを巻いているようなやつは、二つの意味で信用しちゃいけないんだ」

「二つの意味？」

「まず、デイトナを買う実力もないのに、偽物で自尊心を満たそうとする精神」

「ちょっと待てよ。誰かに騙されて買っただけで、本人は本物だと信じているのかもしれないじゃないか」

「騙されてデイトナを買ったのだとしたら、それは本当のバカだ。どっちにしろ、バカを信用しちゃいけない」

「彼が純粋なだけかもしれないし、腕時計にあんまり詳しくないのかもしれない」

「ずいぶんあの漫画家をかばうんだな」と轟木が言った。僕は「いや、別にそういうわけじゃ……」と言い淀んだ。僕は他人の言動の根拠を、憶測によって決めつけるべきではないと考えているだけだ。もちろん自分だって、気がつくと憶測による決めつけをよく行ってしまっているし、

「自戒を込めて」という意味合いが強い。

僕は「もしかしたら――」と言った。「――ババの母がフィリピンへ行ったときに、現地のバイヤーに騙されてデイトナの偽物を買ったのかもしれない。日本に帰国してすぐ、ババの母は交通事故で亡くなって、ババにとってその腕時計は母の形見なのかもしれない。もちろんババは、そのデイトナが偽物だと知っている。偽物だと知った上で、その腕時計には母親の本物の愛が宿っていることも知っている。他人にどう思われてもいい。それでも自分は、このデイトナの偽物を巻くのだ。そう考えているのかもしれない」

「お前、いつもそんなこと考えてるの？」

「考えようと努力はしてる」

「お前、小説とか書いた方がいいよ」と轟木が冗談を言った。

僕は「実は、それを仕事にしている」と応えた。

轟木が降りる表参道駅の手前で、僕は「ちなみに、二つ目の意味はなんなの？」と聞いた。

「二つ目？」

「偽物のデイトナを巻いているやつを信用しちゃいけない二つ目の意味」

「ああ、そもそもデイトナって店頭に並んでなくて、入手するためには何度もロレックスへ通って、店員に信用してもらわないといけないんだ。デイトナを巻いているっていうのは、ある意味ではロレックスからお墨付きをもらってるってことでもあって、値段なんかよりもそっちの方がよっぽど価値がある。偽物を巻いてるってことは、どちらにせよ正規店で買ってないってことだから、デイトナを巻くことの意味がわかってないってことなんだ――」

地下鉄が表参道駅に着いた。轟木は「――まあ、死んだ母ちゃんの形見だったら関係のない話だけどさ」と言って降車していった。

僕は轟木の偏見にいくらか不快感を抱きつつ、そういう自分だって坂鍋に対して偏見を抱いていたことを思い出した。見た目や身につけているものだけで他人を判断するな、と主張していた割に、僕だって日頃からそうやって他人を判断してしまっている。

一ヶ月ほど経って、加藤が高校のグループチャットに「俺たちの鉄板話が『キワマガ』に掲載されている」という報告をして、掲載ページのリンクを貼っていた。忙しかったのと、轟木の話が妙に印象に残っていたこともあって、結局僕は確認しなかった。

これが、僕のババに関する記憶のすべてだった。そのババは、いつの間にかどこかの会社のCMOだかCM王だかになって僕の隣に座り、相変わらずロレックスのロゴのついた腕時計を巻いていた。しかし僕には、この腕時計が本物なのか偽物なのかはわからない。

名古屋に到着したあたりで、仕事の話がなんとなく終わった。会話がなくなってから五分ほど経って、僕はそろそろ許されると思い、文庫本を手にとった。まだ読みはじめたばかりの、評判のいい翻訳ミステリーだった。

　しばらく読書をしていると、「その本、面白いですか？」とババが聞いてきた。

「今のところ面白いですが、まだ途中なのでわかりません」と僕は答えた。

「ジャンルは？」

「ミステリーです」

「あ、僕もミステリー小説、好きなんですよ。東野圭吾とか森博嗣とか。いつも犯人を当てようと思って読むんですが、全然当たらなくて。小川さんはどうですか？」

「犯人当てですか？」

「はい」

「ただ犯人を当てるだけなら、かなりの精度でできますよ。トリックや動機なんかはわからないことが多いですが」

「なんかコツとかあるんですか？」

「コツというほどのものかはわかりませんが、同業者だからわかってしまうことが多いんです」

「興味深い話ですね。具体的に教えてもらえませんか？」

「基本的に、ミステリー小説は読者に驚きを与えなければなりません。現実世界で殺人事件があって、現場にあった凶器に指紋を残していた人物がいたら、多くの場合その人物が犯人ですが、それでは小説になりません。読者が驚かないからです」

「なるほど」

「被害者を殺す明確な動機を持っていて、犯行時刻のアリバイがない容疑者は、フィクションにおいては真っ先に犯人候補から弾かれます。同様に、誰からも恨まれている人物は最初の被害者か最初の容疑者のどちらかになる場合が多いですが、犯人にはなりづらいです。一見して動機がなく、完璧なアリバイを持っている人は有力な犯人候補です」

「逆に考えるんですね」

「そうですね。『誰が犯人だったら自分が一番驚くか』という基準で考えるということです」

「なるほど」

「もちろん、読者を驚かせるのは『犯人が誰か』という要素だけではありません。たとえば、ミステリー小説に視力を失った人が出てきたら、本当は見えている可能性を考慮します。視力を失った人が、視力がなければわからない情報を口にするのではないかと、常に疑って読むわけです」

「現実世界でもそんなことをしているんですか？」

「しませんよ」と僕は笑った。「他にも、ブランドもので全身を固めている人が出てきたら、本当は借金をしているのではないかと疑います。借金をしている人は、返すことのできる金がたくさんあることをアピールする必要がありますから。これは、現実世界でもたまにやります」

僕としては「デイトナの偽物」を巻いていたというババに対する、ちょっとしたジャブのつもりだった。意外にもババは「それは間違いないですね」と同意した。

「道端に落ちているカフスボタンは絶対に証拠品だし、犯行現場の絨毯の染みはかならず事件と関係しています。犯行現場の窓ガラスが割られていたら、おそらく犯人は屋外から侵入していないし、屋外へ逃亡もしていません。ガラスが割れているのは、侵入、逃亡とは無関係な理由であることが多いです。たとえば、犯行時に割れてしまったメガネの破片を隠すため、とか。だから、犯行の前後でメガネが変わっていた人物を探します」

「参考になります」と言いながら、ババはメモを取りはじめた。僕はすかさず「メモするようなたいした話じゃないですよ」と言う。

「癖なんです」とババが答える。

「ああ——」と僕は口にする。思わず、意地悪なことを思いついてしまったからだ。「——腕時計が登場したら、どちらの手首に巻いているかを確認します。犯人の利き腕がどちらか、という話がよく出てくるからです」

ババが左腕に巻いていた腕時計をこちらに向けてきた。僕はロレックスのロゴをじっと見てみた。それでもやっぱり、偽物かどうかなんてわからなかった。

「僕の利き腕はわかりましたか？」とババが僕に聞いてきた。

意外だった。もし、ババに「偽物を巻いている」という自覚があるのであれば、腕時計の話はあまりしたくないのではないか、と思ったからだった。しかし——とも思う。腕時計の話がしたいから、わざわざ偽物を買って巻いているという考え方もできる。腕時計に触れられたくないなら、そもそも何も巻かなければいいだけの話だ。

そんなことを考えながら、僕は「左利きでは？」と答えた。

ババが「え、どうしてわかったんですか？」と驚いたような声を出した。

「腕時計を左腕に巻いていて、それで右利きだったらわざわざ僕にクイズを出さないと思ったからです」

「それに」と僕は心の中で考えた。「デイトナの偽物」には、おそらく左利き用など存在しないのだろう。正規品でないから、本来とは逆の腕に腕時計を巻かざるを得ないのだ。

いや、もしかしたら、すべて思いこみかもしれない――と僕は自分の考えを訂正した。腕時計をどちらの腕に巻くかなんて、法律で決められていることではない。左利きが左腕に巻くこともあるし、右利きが右腕に巻くこともある（実際にその事例も知っている）。

そもそも、ババの腕時計が本当に偽物かどうかだってわからない。轟木がそう主張しているだけで、実際には轟木が間違っているのかもしれない。なんとなく、ババはどこか堂々としていて、偽物の腕時計を巻いている人が醸《かも》しだす雰囲気がないような気がする。


ババは一足先に品川で降りた。

品川から東京へ向かう途中で、編集者が「さっきの漫画家さんがつけていたデイトナ、偽物でしたよ」と言った。僕は思わず「どうしてそんなことがわかったんですか？」と聞き返した。

「見ればわかりますよ」と編集者は答えた。「デイトナの偽物を巻くのは重罪です」

東京駅で編集者と別れたあとも、僕はずっと驚いていた。僕以外のすべての大人には、デイトナの真贋を見定める能力が標準的に備わっているのだろうか。恥ずかしいことに、僕にはG-SHOCKとアップルウォッチを見分ける程度の能力しかない。

京都の取材から帰ったその日、僕はインターネットで調べて、デイトナの真贋の見分け方を勉強した。本物のロゴと偽物のロゴを見比べ、長針の動き方を学び、バックルやインデックスの細部について調べた。デイトナの偽物を扱ったYouTubeの動画を見て、勉強の成果を確認した。そこで初めて、デイトナを買うために複数のロレックス正規店を周回することを「ロレックスマラソン」と呼ぶことなどを知った。


次にババの名前を口にしたのは、グリーン車で会ってから何ヶ月か経った年末だった。その年の高校同期の忘年会でババの話になったのだ。

僕以外の全員が『まんが日本高校昔ばなし』を読んでいた。話の流れで、僕もその場で初めてババの作品を読むことになった。どこかで見たことのあるような絵柄で、個性のようなものは感じなかったが、エピソードが簡潔に整理され、短くまとまっていて読みやすかった。僕たちの高校の回では、ワコールの話（陰毛ギャンブルと麻雀）と、小島のアルコバレーノの「仔羊と渡り鳥」における解釈の話が載っていた。事実と異なる点が散見されたことが気になったが（陰毛ギャンブルのレートが違っていたり、麻雀を雀荘でやったことになっていたり）、エピソードを漫画にするときに、多少の脚色をしたのかもしれないし、ババが思い違いをしていたのかもしれない。そもそも、元になった僕たちの話だって事実かどうか確かめる術はない。

「実は、ワコールに連絡して漫画見せたんだけどさ」

加藤がそう言った。「あいつ、漫画読んで、なんて言ってたと思う？」

「想像もつかないな」と他の誰かが言った。僕も少し想像してみた。知らないところで自分のことを勝手に作品にされて、嫌な気分になったのかもしれない。考えてみれば、ワコールには気の毒なことをした。母親が働いていた店舗名は伏せてあったが、読む人が読めばあれが滝川の話だとわかるかもしれない。高校時代に陰毛をチップにしてギャンブルをしていたことをバラされて、いい気分になることはないと思う。

「『七対子ドラドラじゃない』って言ってたよ。『ツモもあるから満貫だ』って」

「たしかにそれはそうだけど、そこなんだ」と西垣が言った。「普通はチン毛の方が気になると思うけどなあ」

「ね」と加藤が同意する。「ちなみに、小島に連絡したやついる？　俺は何も言ってないけど」

大手のコンサルで働いている小島は、ワコールと違ってプライドが高かった記憶がある。アルコバレーノをああいう感じでいじられたら気分を害してしまうかもしれない。

誰も何も言わずに、数秒が経った。「さすがに、小島には言えないよなあ」と轟木が言った。

「あいつ、本気で怒りそうだし」

「訴えられそう。早稲田の法学部だったしな」

ちなみに、忘年会でババに関する話をしたのはその程度で、しようと思っていた腕時計の話にもならなかった。思いのほか、片桐の話で盛りあがったからだ。同級生の片桐はＳＮＳでちょっとしたインフルエンサーになっていて、投資関連の有料会員制ブログを月額一万円で運営していた。ジャンケンで負けた轟木がそのブログを購入することになった。いろんな経緯があって、結果的に僕が会員登録をした。


年明けに加藤から連絡があった。ババが今から僕と飲みたがっている、という話だった。数秒迷ったが、行くことにした。決め手は腕時計だった。せっかくデイトナの真贋の見分け方について勉強したのだから、今日こそ成果を試すときだろう。さすがに本人に伝えることはないだろうが、あのシュレディンガーの猫が本物なのか偽物なのか、僕の中で確定しておく必要がある。ババの腕時計が本物なのか、あるいは轟木や編集者が言っていたことが本当なのか。もしかしたら、ババの腕時計の真贋に、僕は自分自身の「他人を見る目」の真贋を託していたのかもしれない。

僕はそのときもまだ、ババが好人物だと思っていた。

ババと加藤は、他の誰かと一緒に広尾でそばを食べているらしく、解散して二軒目が決まったら連絡するという話だった。僕はとりあえず家を出て、恵比寿の喫茶店で本を読みながら連絡を待った。

加藤から連絡があったのは午後十一時をまわったころだった。中目黒のビルの五階にある、カラオケパブみたいな店を指定された。急いで向かって店に着くと、すでにババと加藤がワインを飲んでいた。前の店でかなり飲んでいたようで、二人とも顔が赤く、いつもより声も大きかった。

「わざわざすまんな」と加藤が言った。「ババ先生がどうしてもお前と飲みたいって言ってさ」

「忙しいところ、すみません」とババが頭を下げた。

「暇だったんで気にしないでください」と言いながら、僕はこっそりババの左腕を見た。

腕時計を巻いていることに変わりはなかったが、驚くべきことに、ロレックスではない別のブランドの時計になっていた。もちろん僕は、そのブランドのことを何も知らない。

そこからしばらくは唖然としてしまっていて、自分が何を話したのかあまり覚えていない。ババの腕時計の真贋をはっきりさせるためにやってきたというのに、その時計がない。姫路城を見るために兵庫までやってきたのに、同じ場所に知らない城が建っていたような気分だった。

「——いやあ、でも本当にすごいんですよ」とババがこちらを見た。僕のことだろうか。僕は必死に、すでに耳元を通りすぎてしまっていた言葉を追いかける。たしかババは、僕が最近雑誌に書いた小説を読んだと言っていて、その感想を話していたはずだった。

「そうなんだ」と加藤が感心したような顔をしている。「俺、こいつの本を一冊も読んだことないからさ」

「全然、たいしたことないですよ」と僕は口にする。「読まなくていいです」

混乱のあまり、加藤に対して敬語を使ってしまっていたことに気づいたが、特に指摘されなかった。机の上に、五千円札が置いてある。僕は再び、耳元を通りすぎていった二人の会話を追いかける。「前の店で余った金だ」と加藤が説明していた。

ババが「ああいうお話ってどうやったら思いつくんですか？」と聞いてきた。どの話について聞かれているのかもわからないまま、僕は「偶然ですよ」と答えた。

「偶然？」とババが聞き返してきた。

「そうです。話の中で出てきた要素が、時間とともに偶然結びつくんです」

半分は本心であり、半分はその場をしのぐための適当な表現だった。時間とともに——僕はババの腕時計をもう一度見る。短針と長針がほとんど重なっている。今は午前零時前なのだろう。

「具体的に、どういう感じですか？」

僕は「十二——」と口にしていた。口にしながら、自分が話をどう続けるのかもわかっていなかった。「——十二歳になる直前のことです。学習塾の月謝として預かっていた五千円を使って、兄と二人でそばを食べてから、スポッチャで遊んだんです。帰り道、僕はずっと後悔していました。このまま帰れば、母からこっぴどく叱られるに違いないからです。『お金に困っていた友達に貸した』『駅前で募金活動をしていた人にあげた』『道端に落とした』みたいに、いろんな言い訳を考えたのですが、どれもすぐに嘘だとバレてしまいそうでしたし。そもそも僕と兄は月謝を使いこんだだけでなく、塾を休んでいた上に、帰宅もいつもより遅くなっていました。加えて僕たちはスポッチャで激しく運動したせいで肌着まで汗だくで、どうやっても塾の帰りには見えないでしょう」

「大ピンチですね」とババが言った。加藤は腕を組んだままじっと僕のことを見ていた。

「家の近くで僕は閃《ひらめ》いて、小遣いを使って近くのスーパーで懐中電灯を買うことを兄に提案しました。僕たちは今、四つの問題を抱えています。月謝を使いきってしまったこと。塾を休んでいたこと。帰宅が遅くなったこと。スポッチャで遊んで汗だくであること。この四つの問題を同時に解決する話を作れば、すべての辻褄《つじつま》が合うのではないか、そう考えたんです」

ババが無言のままうなずく。

「帰宅して母の前に立つと、『月謝の入った封筒を、自転車のカゴに入れていたんだ』と言いました。『風が吹いて、封筒が川沿いの雑木林に飛んでいった。大金が入っているから、絶対に見つけないといけないと思った。塾の時間も無視して、兄さんと一緒に封筒を探した。暗くなってきたから、小遣いで懐中電灯を買った。二人でさっきまでずっと探してたけど見つからなくて困ってる。明日また探しにいく』。僕は机の上に、さっき買ったばかりの懐中電灯を置きました。

母は僕の話を信じたし、『月謝なんて気にすることない』と同情までしてくれました」

「なるほど」とババがうなずいた。

「お話を作るっていうのは、たぶんこういうことなんだと思います」と僕は言った。言いながら、自分が何を話していたのかを思い出した。「何かを起こしてみる。稚拙でもいいし、矛盾があってもいい。最後の段になって、これまで自分が積みあげた話の弱点を束ねて、解決させるんです。この話の場合は『懐中電灯』です。自分の小説の中から、『懐中電灯』を見つけるんです。うまくいかなかったら、一から全部やり直します」

「小川さんが言った『偶然』という言葉の意味がわかった気がします。それにしても、ずいぶん賢い子どもだったんですね」

「誰が、ですか？」と僕は聞く。

「小川さんですよ」とババが言う。「僕にはそんなストーリー性のある言い訳、絶対に思いつきませんよ」

「いえ、もちろん僕だって、そんな言い訳は思いつきませんよ」と僕は言った。

「どういうことですか？」とババが聞いてきた。

「全部、今作った話です。そもそも僕には兄も母もいませんし」

「え？」とババは口を開けたまま言葉を失っていた。加藤が「だよな」と笑って五千円札を手にとった。「それに、俺たちが子どものころにはまだスポッチャなんてなかったしな」

「こうやって、適当な話をでっちあげるのが小説家の仕事なんですよ」と言いながら、口を開けたままトイレに立ったババを見送った。

「兄はいないけど、母はいるだろ」

ババがトイレに入ってから、加藤がそう言った。「たしかに」と僕はつぶやいた。そういえば、僕には母がいた。しかし、そんなことはどうでもよかった。さっきからずっと適当なことを口にしているが、話の作り方なんて、作家である僕自身もよくわかっていない。


その日は珍しく朝まで飲んだ。僕もだいぶ酒を飲んだので、カラオケパブを出てからの記憶はあまりない。最後の店で、会計を全部ババが支払っていたことだけ覚えている。

朝方、中目黒でタクシーを待っているとき、ババは「小説家に必要な才能はなんだと思いますか?」と聞いてきた。

「小説家に必要な才能なんてないと思います」と僕は答えた。「漫画家と違って、絵を描く能力も必要ないですし、ミュージシャンと違って歌の能力も、楽器の能力も必要ありません。小説家に必要なのは、なんらかの才能が欠如していることです。僕たちは他の何かになれないから、小説を書くのです」

「漫画家も同じですよ」とババは応えた。僕は「やっぱりババさんはいい人ですね」と口にしたか、あるいは心の中でそう思った。どちらだったかは覚えていない。

野球のことが気になって日常生活を正常に送ることができなくなった時期がある。中学生のときの話だ。

野球には不可解なネーミングが多すぎる。たとえば「ストライク」と「ボール」と「アウト」。「ストライク」は「打つ」という意味の動詞で、ボールは「球」という意味の名詞で、アウトは「外へ」とか「外に」という意味の副詞や前置詞だ。品詞がまったく揃っていなくて気持ちが悪い。

内野手が「ファースト」、「セカンド」、「サード」、「ショート」となっているのも気持ち悪い。「ショート」ってなんだ。

僕はそれらの疑問を野球部の友人たちにぶつけたが、彼らは「わからない」と答えた。彼らがこれらの意味もわからずに野球をやっていることが、僕にとっては理解不能だった。

何人にも聞いてまわっているうちに、一人の野球好きが「ショート」がどうして「ショート」と呼ばれているかを知っていて、答えを教えてくれた。その説明を聞いて、僕はひとまず「ショート」については納得した（現代においては、ネットで調べればすぐにわかることだ）。

しかし、「ストライク」と「ボール」と「アウト」の命名については誰も知らなかった。僕はそのことが気になって、日常生活を正常に送ることができなくなった。授業中も、気がつくと「ストライク」と「ボール」と「アウト」について考えていた。そもそも「ボール」とはなんだ？　野球は球を使うスポーツなのだから、ストライクゾーンに入った球だって、全部「ボール」だろう。意味がわからないし、納得できなくて腹が立つ。昼休みに学校の図書館で野球について書かれた本を読んでも、どこにも答えは書いていない。野球ファンは、品詞が混ざったことに関する疑問を解消しないまま、どうして王貞治のホームラン記録を喜ぶことができるのか理解ができない。

思えば、当時から僕は、自分以外のみんなが自分と同じような疑問を抱かずに生きていけることに苛立っていた。七転び八起き。どうして転んだ回数と起き上がった回数が違うのか。青、赤、白、黒は「い」をつければ形容詞になるのに、他の色がそうでないのはなぜか。子供の「供」の部分が納得できない。「子」の「お供」なのだとしたら、それは大人だろう（これらの疑問も、現代ならネットで調べればすぐに答えがわかる）。こういったことを聞いても大人は答えを教えてくれないし、そもそも疑問にすら思っていなかったりする。

僕は他の人が何も感じずに通りすぎてしまう出来事に気を取られ、前に進めなくなることがあった。

これは才能だろうか？　それとも才能の欠如だろうか？

僕は「欠如」だと思って生きてきた。

僕だって、気にしないで生きていけるなら、気にせずに暮らしたい。

それからしばらくして、加藤から「この前は強引に呼んじゃってすまんな」というメッセージが来た。急にどうしたのかと思ったら、加藤が二度目の結婚をすることになったらしく、その報告だった。結婚式はやらないらしい。

結婚に関する話が一通り終わってから、僕は「この前ババさんがつけてた腕時計、なんていうブランドだったか知ってる？」と聞いてみた。その時計の真贋についても勉強しようかと考えていた。

加藤は「わかんないよ。腕時計なんて興味ないし」と返してきた。

「そうだよな。気にしないで」

「そういやババ先生、昨日腕時計の漫画をアップしてたね。まだ読んでないけど」

僕は急いでババのTwitterを検索した。思えば、ババのTwitterアカウントを見たのは初めてだった。

ババリュージ。漫画家。(株)ESブックスCMO。(株)Rキテクト社外取締役。代表作は『まんが日本高校昔ばなし』(全七巻)、『抹茶とサボテンと私』(全二巻)、『ローリング――転がり続ける僕の人生』(原作)。『まんが日本高校昔ばなし』が累計百万部突破。

百万部、という数字に僕は驚いた。僕には逆立ちしたって届かない数字だ。Twitterのフォロワーは十一万人もいるし、僕が思っていた以上にババは有名な漫画家だったのかもしれない——

そんなことを考えながら、ババのタイムラインを遡る。昨日のツイートに、目的のものを見つける。ババは「偽物のデイトナを一年間つけてみた結果」というタイトルの漫画を「キワマガ」にアップしたばかりだった。漫画の紹介文によれば、ババは「人間はどのように他人を馬鹿にするのか」を観測するために、あえてデイトナの偽物を巻いていたという。

十ページほどの漫画で、あっという間に読み終わった。

ババは以前から、「他人を見た目で判断する」という行為に嫌悪感を抱いていた(らしい)。自分は決してそのような真似はしないが、とても信用している人が、他人を見た目で判断する場面に何度も遭遇して、そのたびにうんざりしていた。

ババは「他人を見た目で判断する」人が、その後にその判断を訂正することがあり得るのか、という点に興味を持った。そのため、自分を実験台にしてみることに決めた。漫画には、偽物のデイトナを巻いたことで言われた陰口の数々が紹介されていた。「詐欺師」だとか「見栄っ張り」だとか「この世で一番ダサい」だとか「漫画も偽物」だとか。

「この実験で、僕は自分が望んでいた以上のことを知りました。人種や性別、さまざまなハンディキャップ。この世には見た目で差別をされている人が数多くいます。もちろん、僕なんかと同じにされても嫌でしょうが、そういった人々がどんな思いをしてきたか、僕にも少しだけわかったような気がします」

「さすがババさん」とか「天才」とか、「アンチ涙目」というようなコメントとともに、「デイトナへの営業妨害だ」とか「偽物だとわかって買うのは犯罪への加担だ」という指摘もあって、ちょっとした炎上状態になっていた。ババもさすがに怖くなったのか、僕が漫画を読み終えたころには、タイトルが「偽物の腕時計を一年間つけてみた結果」と変更されていた。

それでも、ババの漫画の炎上は鎮火しなかった。「身につけるものは当人が選択することができるが、人種や性別は選択することができないので別物だ」という意見や、「自分が偽物をつけていた過去を、差別の問題と絡めてうやむやにしようとしている」という意見が二千リツイートされていた。

経緯を詳しく調べていくと、どうやら「ババが偽物のデイトナを巻いているのではないか」という指摘は匿名掲示板などでよくされていたらしく、だいぶ前から検証画像なども作られていたようだ。以前から指摘をしていた人々は、ババがアップした漫画を「偽物だと指摘されて恥ずかしくなった結果、自分は『あえて偽物を巻いていた』というストーリーにすることで正当化しようとしている」と考えているようだった。

翌日になると、漫画そのものが「キワマガ」から消されていた。漫画が消されたことに関するコメントなどはなかった。

僕は、この前ババと飲んだときに、自分が口にしたことを思い出した。

「何かを起こしてみる。稚拙でもいいし、矛盾があってもいい。最後の段になって、これまで自分が積みあげた話の弱点を束ねて、解決させるんです。うまくいかなかったら、一から全部やり直します」

ババはまさに、それを実践したのではないか。もちろん、僕が自意識過剰なだけで、僕の話とババの漫画は無関係かもしれない。だが、もし無関係だったとしても、どちらにせよ似た構造の話であることは間違いない。ババは偽物の腕時計を巻いていた。そのことを看破され、いろんな人に指摘された。別の腕時計を買ったが、過去に偽物を巻いていた事実が消えるわけではない。そこでババは、偽物の腕時計を巻いていたという話の弱点を束ねて、「人間観察のためにあえて巻いていた」という解決策を考えた——考えすぎだろうか。そもそも、ババの主張が事実だという可能性もあるだろう。ババは人間観察をするために、あえて偽物を巻いていたのかもしれない。

しかしどちらにせよ、ババがあの漫画をアップしたのは間違いだったと思う。ババの主張が本当だったとしても、嘘だったとしても。彼の狙い以上に、不快感を覚える人が多いだろうと思った。そして何よりもまず、漫画としてそれほど面白くない。

不特定多数の誰かに好かれるということは、同時に不特定多数の誰かに嫌われるということだ。人類すべてが好む人格が存在しないのと同様に、人類すべてが好む漫画や小説も存在しない。僕なんかよりもずっと知名度のあるババは、謂《いわ》れのない中傷やアンチコメントに傷ついていたのかもしれない。百万部の漫画家の気持ちは、僕にはきっと想像もつかないのだろう。

僕は大事なことを伝え忘れたのかもしれない。創作は確かに、弱点を強みに変える行為でもある。でも、ここでいう弱点とは物語における弱点のことで、作家の弱点ではない。作家は自己弁護を目的に創作をするべきではない。むしろ、話を面白くするためなら、どれだけ自分の弱点を曝けだしても構わないという覚悟の方が必要だ。

僕はババに申し訳ない気持ちになっていた。僕の思いつきの話を真《ま》に受けて、彼が炎上したかもしれないからだった。おそらくきっと、僕はこの段になってもまだ、ババという人物が悪い人間だとは思えずにいた——どうして？　僕は自問自答をする。きっと、初対面のときの印象が強く残っているからだろう。ババはシンプルだが上品な服装で、控え目で謙虚で、事前に僕の本を読んできてくれるほどの勉強家で、何より僕に好意を持ってくれている（気がする）。新幹線でも長々と話をしたし、その後も「一緒に飲みたい」と誘ってくれた。

僕はやはり、見た目や最初の印象だけでババという人物について判断してしまっているのだろうか。

もし僕が、他人を見た目だけで判断しているのなら、偽物の腕時計を見抜くことすらできない自分にはその資格もないのではないか。

その日、僕はババについてインターネットで調べ続けた。ＳＮＳで検索し、匿名掲示板を過去まで遡り、悪意の塊のようなアンケートサイトや、何年間もババに粘着し続けているブログなどを読んだ。僕が知らなかっただけで、インターネット上には、ババに関する文章が山のように残されていた。

ババには熱狂的なファンが数多くいた。それと同時に、ババは激しく嫌われていた。たとえば「ババ　嫌い」と検索する。第三者が読んでも傷を負うような投稿にあふれている。

ババは日々のSNSで、こんな環境に晒されていたのか、と僕は戦慄する。僕には、ババほどの数の熱狂的なファンもいないし、ババほどの数のアンチもいない。自分の名前をインターネットで検索しても、作品を読んで「面白かった」とか「つまらなかった」とか、その程度のことばかりだ。たまにムッとするような投稿もあるが、数秒後には忘れている。

ババのことを嫌っている人は、人生のかなりの部分をババの粗探しや失敗探しに費やしている。どうやらババには、それだけの「嫌う」価値があるらしい。ネット上には「ババ学」という架空の学問があり、その学問はババの行動を「一定の規則で読み解いている」と主張している。「ババ学」にどれだけの正当性があるかどうかは、ババの作品をほとんど読んだことのない僕には判断できなかったが、明らかにこじつけだったり、悪意によって事実を歪曲していそうな記述もあったりして、読むだけで心が痛んだ——痛むというのに、僕は読むのをやめられなかった。それは僕が小説家だったからかもしれないし、あるいは僕が愚かな人間だったからかもしれない。とにかく、それらの凝縮された悪意に、こちらの心をつかむ求心力があったのは事実だ。

たとえばババ学によると「弁明の余地のない問題を起こしたとき、ババは謝罪もしないし反論もしない。ただ、事実をうやむやにしようとする」ようだ。この具体例として、ババの飼っている猫は「消防猫」と呼ばれていた。炎上の「火消し」に利用される猫だから、「消防猫」だ。ババは炎上したとき、飼育している猫の写真を連投するらしい。炎上した投稿を過去へ流し、うやむやにするためだ——と匿名掲示板では解釈されている。そんなバカなことがあるか、と思ってババのTwitterを見にいくと、偽物のデイトナの件で炎上したババが十数枚の猫の写真を投稿していた。もちろん、たまたま猫の写真をアップしただけの可能性もあるし、炎上に傷ついて猫と遊んだだけかもしれない。

「ババの行動はすべて、『承認欲求』の四文字によって説明することができる」というのもババ学の説の一つだ。たとえばババは自分が人気漫画家であることを演出するため、Twitterのフォロワー数や部数の水増しをしているらしい。丁寧にも、ババのフォロワー数の変動をグラフ化した人がいて、不定期に不自然にフォロワーが増えていることから、フォロワーを買っているのではないかと言われている。これについては、部外者の僕も反論できる。ババはネットに作品をアップして人気が出た漫画家だ。不定期にフォロワー数が急に増えるのは、ネットで話題になったときやツイートがバズったときだろう。そもそも、フォロワーを購入して見かけだけの数字を増やすことになんの意味があるのか——そう考えていたら、「フォロワー数を増やすことで、ＰＲ案件の広告漫画の単価を高くしている」という指摘があった。これには「なるほど。実益もあるのか」とうなずく部分もあったが、だからといってフォロワーを買っているとまでは思わない。部数の水増しに関しては、「事情を知る同業者」なる人物が、「ババは部数の中に電子書籍のダウンロード数だけでなく、無料体験版のダウンロード数までも合算している」という説を主張していた。「累計百万部突破」を謳《うた》っている『まんが日本高校昔ばなし』も、実売部数は十四万部ほどで、電子版が約二十万ダウンロード、残りは無料体験版と「キワマガ」のPVを合算しているという話だ。こうして累計部数やフォロワー数を水増しすることで広告単価を上げる手法は「ババ式錬金術」と呼ばれていて、ババ以外にもこの方法で金を稼いでいる作家の名前が列挙されていた。近い業界にいる者として、あり得る話ではあると感じつつも、物証や根拠があるわけではないので、ババが実際に「錬金術」を使っているとは思えない。

ババが巻いていた偽物の腕時計に関する考察もあった。「ババは自分を見下した同業者や、自分のアンチに対してマウントを取るために金持ち自慢をする」らしい。ババが巻いていたのはデイトナの偽物だけではなく、他のブランドの偽物を所持していた形跡についても検証されていた。

僕がもっとも気になったのは、ババの盗作疑惑だ。「ババは自分の頭で面白い話を考えることができないので、いつも他人の話を盗んでいる」

これについてはかなり物証が揃っていて、いくつか存在する「ババ学」の中でももっとも信憑性が高かった。たとえば、ババの「一風変わった友人、垣根君《かきね》」のエピソードが、とあるブログから転用されているという話があり、僕も実際にそのブログを読んでみたが、ババはブログのエピソードをそのまま使っている。「余ったTシャツを譲るためにフィリピンへ行った話」も、別のブログの内容と、そのブログに貼られていた写真の構図をほとんどそのまま使っている。

そもそも、ババの出世作である『まんが日本高校昔ばなし』だって、他人から集めたエピソードを漫画にした作品だった。『まんが日本高校昔ばなし』は、作品のコンセプト自体に「収集」という要素があったので、ある意味パクリが合法化されていたというか、正々堂々と他人から聞いた話を漫画にできていた。その構造のせいか、ババのことを嫌っている人の中でも、『まんが日本高校昔ばなし』は一定の評価を得ているように感じられた。

もっとも、ババが「いつも他人の話を盗んでいる」とは言えない。検証によって確実に盗作が確認されているのは二例だけで、その他の例はこじつけや部分的な一致ばかりだった。もちろん盗作は許される行為ではないし、創作者として断罪されるべきだが、「いつも」は言いすぎだろう。話を創造するという行為には、常に先行者との類似がつきまとう。偶然内容が似てしまうこともあるし、無意識のうちにどこかで知った話を転用してしまうこともある。創作者は、その恐怖と常に戦いながら仕事をしている。

三日前が締め切りだった小説に手をつけないまま、翌日もずっと僕はババについて調べていた。どれだけババについて調べても、不思議とババの作品を読もうという気にはならなかった。僕はババという男に対して、漫画家としての興味は持っていなくて、一人の人間として興味を持っていたのかもしれない。あるいは、「ババの読者」になってしまい、ババリュージという漫画家とババ本人の像を結べなくなってしまうことを恐れていたのかもしれない。いや、そうではなくて、自分でも言語化できない理由で、ババの作品を読むことを恐れているのかもしれない。

僕はババのTwitterを遡り、二週間前にソーシャルメディアで公開されたババのインタビュー動画を見た。インタビューの中で、ババは「漫画家に必要な才能なんてないと思います」と答えていた。「別に絵が下手でも漫画を描くことができますし。漫画家に必要なのは、なんらかの才能が欠如していることです。僕たちは他の何かになれないから、漫画を描くのです」

僕はその発言を聞いた瞬間に、慌てて動画を止めた。嫌な気持ちになったからでも、ババに対して怒ったからでもなかった。自分がかつて、こんなことを口にしていたのかと思って、なんだか急に恥ずかしくなったからだ。

僕は別に、この発言に対して「盗まれた」と目くじらをたてるつもりもない。僕は自分で考えて、自分で思ったことを口にしたつもりだが、僕以外にも同じようなことを言っている人もいるだろう。ただなんというか、恥ずかしかった。自分が恥ずかしくて、ババが恥ずかしかった。

そのインタビューの関連動画に「ババリュージが大好きなミステリーについて語る!」というものがあり、僕はつい開いてしまった。

ババは自分がハマったミステリー作品を三本挙げて、そのストーリーを解説していた。

普通の動画だった。ババが挙げた三作品は、どれも世評が高いものだったし、ストーリーのまとめ方も無難だった。僕は洗濯物を畳みながらインタビューを聞き流していた。

動画の途中で「以前、ミステリー小説における、犯人の当て方を教える漫画を描いたんです」とババが言った。「気になる方は、ぜひ『推理力が皆無でも犯人を当てる方法』という漫画を買って読んでみてください」

嫌な予感がした。僕は無意識のうちに、こういうことが起こるかもしれないと考えていたから、ババの漫画を読まなかったのだ。


僕は「推理力が皆無でも犯人を当てる方法」という漫画を最後まで読むことができなかった。恥ずかしかったからだ。そこにはほとんど一言一句違《たが》わず、新幹線のグリーン車で僕がババに言ったことが書かれていた。第一容疑者が犯人にはなりづらいこと。一見して動機がなく、完璧なアリバイを持っている人は有力な犯人候補であること。視力を失った人は、実際には目が見えている場合が多いこと。ブランドものを着た人の話や、カフスボタンの話まで書いてあった。残り数ページのところまできて、僕は読むのをやめた。もしかしたら、残りの部分にはババ自身の意見が描いてあるのかもしれない——そう信じたかったからだ。

「僕の話を盗まれた」という怒りは皆無だった。この手の話は、僕だけが気づいている法則でもなんでもない。ミステリー小説をある程度読んできた人なら知っていることも多いだろう。別に僕は、ババを訴えようとか、盗作を告発しようとか、そういう気になったわけではない。そもそも証拠だって残っていない。僕はただ、恥ずかしかった。自分がかつて他人にこんな話をした、という事実が恥ずかしかった。

僕はババの作品ページに、「塾の月謝を使ってスポッチャで遊んだ話」というのを見つけて頭を抱えた。さらに古いものまで遡ると、「野球部を三日で辞めた赤羽のグリーンウェル」という漫画もあった。新浦安を赤羽に変えているところが妙に恥ずかしかった。

僕はババのTwitterを開いた。炎上などなかったかのように、次回のコミックマーケットに出品する漫画の告知をしている。最新のツイートでは、「今月のタクシー代が三十万円を超えた。ヤバすぎ」と書いてある。

いったい何がヤバいのだろうか。ヤバいと思うならタクシーを使わなければいいのではないだろうか。これが何かの自慢だとしたら、どういう種類の自慢なのだろうか。

「ほら、言っただろ？」と、僕の脳内で想像上の轟木が口にする。「あいつは偽物なんだよ。俺は最初からわかってたけどな」

僕は反論する。もしかしたら、ババはいろんな人に馬鹿にされて生きてきたのかもしれない。自分が成功して、タクシー代に三十万円も支払える人間になったと報告して、自分を馬鹿にしてきた人々を見返したいと考えているのかもしれない。

「そうかもしれない」と轟木がうなずく。「でも、そうだとしたら、それこそ偽物じゃないか？」

それから数ヶ月の間に、僕がババの名前を思い出したのは二回だ。一回は大学の友人の漫画編集者と飲んだときで、ババの話をしようかしばらく迷ってからやめた。その編集者がババのことを評価していたとしても、馬鹿にしていたとしても、どちらにせよ嫌な気分になるだろうと思ったからだった。もう一回はTwitterのタイムラインにババのツイートが流れてきた。どういうアルゴリズムなのかわからない。

「これはすべての人類に何度でも言っておきたいことなのですが、アイデアは突然降り注ぐ夕立のようなものではなく、地中の養分を吸って芽を出す植物のようなものなのです」という文章で、二百ほどリツイートされていた。ババが「アイデア」の話をすることにも耐えられなかったし、これもまた誰かの言葉を盗んでいるのかもしれないと思ってしまうことにも耐えられなかった。僕は数秒考えてから、ババのアカウントを非表示にした。

僕が最後にババと関わったのはそれから半年後のことだ。デイトナの一件はうやむやになったまま多くの人が忘れ去っていた。当時は熱心に調べていた僕だって、ババのこともデイトナのこともすっかり忘れていた。

以前、一緒に京都へ取材に行った編集者からメールがあって、とあるビジネス系メディアのYouTubeチャンネルから僕に出演依頼があったという。「若手のオピニオンリーダーが、就活中の大学生や新卒ビジネスパーソン向けに『仕事論』を語る」という番組で、第八回の対談をぜひ小川さんにお願いしたいという話だった。依頼のメールには、依頼主である岸本《きしもと》という番組スタッフがどれだけ熱心に僕の本を読んできたかが書いてあった。

僕はせっかく依頼してもらったのに申し訳ないと思いながらも、依頼書をざっと流し読みしただけで「断ってください」と編集者に返信した。

編集者は「どういう理由にしますか？」と聞いてきた。僕は「仕事を断るときは正直に答える」と決めていたので、「僕はまともに就活をしたことがないですし、企業で社員として働いたこともありません。そもそも『仕事論』を持ち合わせていないので、語れることがありません」と伝えてもらった。

普通はこれで終わるのだが、意外なことに先方が粘ってきた。「我々としては、ビジネスパーソンとしての在り方が『新卒採用』だけではないということや、フリーランスとして生きることの価値なども伝えていきたいと考えておりまして、前回もフリーライターの庄司《しょうじ》エマ様にご出演いただいております。もし小川様が『仕事論』を持ち合わせていないのだとしたら、『仕事論など不必要だ』という話をしていただいて構いません。スケジュールもそちらに合わせますので、ぜひもう一度考えていただけないでしょうか？」

そこで初めて、僕は依頼元のYouTubeチャンネルを確認してみた。第七回までがアップされていて、どこかで名前を聞いたことのある人々が「仕事論」について話している。どの動画も数万回以上再生されていて、それなりに視聴されているようだ。気になったのは、どの動画も対談形式だということだった。

僕は改めて依頼書を詳しく読んでみた。たしかに「対談形式」と明記されていて、「※対談相手に関しては、この後にこちらで検討します」という注意書きまであった。

断る理由をことごとく消されてしまい、僕は困ってしまった。先方のメールに返信できないまま数日が経ち、再びメールが届いた。「対談相手がババリュージ様に決まりました」というメールだった。ますますどう返信すればいいのかわからなくなった。僕はババのTwitterを久々に見た。ツイートの頻度が減っていて、定期的に投稿していた漫画もデイトナの一件以来アップされていない。さすがのババも反省したのだろうか。確認し終えると、僕はもう一度ババを非表示にした。

追い討ちをかけるように、ババから直接ＬＩＮＥが届いた。「岸本さんから、YouTubeの対談依頼のメールの返信を、小川さんが忘れてしまっているようだと聞きました。ご都合つきそうですか？」

僕は迷った末に、「スケジュール的に難しそうです。お手数おかけしてすみません。こちらからも岸本さんに返信しておきます」と返した。

ババは「了解です！　近々飲みにいきましょう！」と送ってきた。僕は「はい！」とだけ返してから、岸本さんに送るメールを書きはじめた。

たぶん、これがババとの最後のやりとりだろう。今後、もしババから連絡があっても飲みにいくことはないだろうし、そもそも誘われることもないと思う。なぜなら、ババは漫画家を廃業したからだ。

その事実は加藤から直接聞いた。僕が観測する限り、まだネット上では話題にもなっていない。デイトナの炎上のあとからババの漫画の更新が止まっていたのは、ババが離婚したからで、デイトナの炎上とは関係がないらしい。僕はそもそもババが既婚者だったということすら知らなかったが、ババの妻は彼のアシスタントだったようだ。これまでババの名義で発表されていた漫画は、すべてババの妻が描いていたという。ゴーストライターだった事実を伏せてもらう代わりに、ババは多額の慰謝料を支払った上で漫画家を廃業することになるという。

「別に他人のネタで漫画を描くのはいいんだけどさ」と加藤は言った。「その漫画をそもそも他人に描かせてたんなら、ババさんは何をしてたってわけ？」

「わからない」と僕は答えた。

加藤と別れたあと、混雑した銀座線に乗りながら、僕はババのことを考えた。僕はずっと、ババについて真剣に考えることを恐れていた。なぜなら彼の存在自体が、「作品を残す」ということの虚構性を常に問いかけていたからだった。

少なくとも、僕が直接会って知っているババは好人物だった。腰が低くて、他人を尊重していた。しかし、それはきっと僕から漫画のネタを得るためだったのだろう。僕はそのことを見抜けなかった。

僕も常に、仕事上で会う人物には嫌われないように気をつけている。場合によっては、自分の意志を曲げることだってある。それは僕が生活するため、仕事を得るためだ。ババだって同じだろう。彼が僕に対して見せていた態度は、彼の本質とは関係がなかった。

そして、彼の作品が「他人のネタ」によって成立しているという点についても、僕は大声で糾弾することができない。僕もよく、「他人のネタ」で小説を書いている。調べものをして、興味深い事実を見つけ、それを加工してフィクションにする。創作物は、他人の人生を材料に加えることで完成する。少なくとも僕の場合はそうだ。

こうして僕がババについて考えることができているのは、きっとババが漫画すら描いていなかったからだ。僕はきっと、自分とババを隔てる線を見つけることができて安心している。僕は自分で文章を書いている。たとえそれがつまらなかったとしても、作者として責任を取ることができる。

しかし同時に、自分が安心しているという事実そのものに不快感を覚える。自分の名前で発表される作品を自分の手で書く——誇るようなことでもない。

銀座線を渋谷駅で降りて、乗り換えのために地下を歩く。金曜の夜の渋谷は混雑している。

「漫画家に必要なのは、なんらかの才能が欠如していることです。僕たちは他の何かになれないから、漫画を描くのです」

　ババの声で、そのセリフが再生される。ババは、いったいどんな気持ちでその言葉を口にしたのだろうか。僕は、いったいどんな気持ちでその言葉を口にしたのだろうか。

「全部クソだ」と僕は思わず口にしてしまう。前を歩いていた女性が驚いてこちらを見た。僕は消えそうな声で「すみません」と言って、早足で彼女を追い抜いていく。

受賞エッセイ

山本周五郎賞の最終候補になったという電話を受けたのは、二〇一八年の四月だった。小説家としてデビューしてから二年半くらいが経っていて、僕は三十一歳だった。三月にアルバイトと博士課程を辞めて、小説だけで生活していくことになってすぐのことだ。

その日のことはよく覚えている。月末までに書かなければいけない短編が一本あって、僕はどういう話を書くべきか決めきれず、朝からずっと仕事机の前で頭を抱えていた。

僕の場合、短編小説は全体の構造が見えてから一息で書いてしまうことが多い。逆に言えば、どれだけ設定や登場人物が固まったとしても、全体の構造が決まらないとなかなか書き出すことができない。家の近くをぶらぶら歩きながら、ああでもない、こうでもない、と頭をひねっていた。

話の大枠はなんとなく決まっていたし、登場人物の一人も決まっていた——フレデリック・テューダーという男だ。

フレデリック・テューダーが何をした人物なのか、知っている人はあまりいないだろう（もちろん僕も、自分で調べるまでは知らなかった）。彼は十八世紀のボストンに生まれたアメリカ人商人で、世界で初めて天然氷を採氷し、蔵氷し、販売した人物だと言われている。

僕は「氷の話を書こう」と決めていた。

そう思った理由は、ガルシア＝マルケスの『百年の孤独』にある。

『百年の孤独』の冒頭は以下のような文章だ。

「長い歳月が流れて銃殺隊の前に立つはめになったとき、恐らくアウレリャノ・ブエンディア大佐は、父親のお供をして初めて氷というものを見た、あの遠い日の午後を思いだしたにちがいない」

僕はこの文章を、二十歳のときに下北沢のスタバの地下席で初めて読んだ。読んだ瞬間、とても感動したのをよく覚えている。実はこの文章には、このあと何百ページも続く『百年の孤独』という小説に含まれるすべての要素が端的に詰めこまれており、その点においても感動すべき書き出しなのだが、そのときの僕が感動したわけはもっとシンプルな部分にある。

この文章を読んで、当時の僕はまず、銃殺隊の前に立つとはどういうことなのだろうかと想像した。そしてそのあとに、初めて氷を見たときのことを思い出そうとして、「無理」だと感じた。なぜ「無理」なのかというと、物心ついたときからずっと、氷が僕のそばにあったからだ。「母の顔」や「青い空」と同様に、僕は「氷」を、冷凍庫を開ければそこにある、日常的で当たり前に存在するものだと思っていた。しかしある時期まで、それは当たり前のことではなかった。だからこそ、この文章に感動したのだった。

僕はスタバのテーブルの上に置いてあったアイスコーヒーの氷をまじまじと見つめた。透明な塊が、黒い液体の中に浮かんでいた。どれだけ眺めても、初めて見たときのことは思い出せなかった。僕は氷を知らなかった少年が初めて氷に出会ったとき、どんな気分になるのか想像しようとして、インターネットのことを思い出した。

僕は初めてインターネットが繋がった日のことを覚えている。十一歳か十二歳のときだ。土曜日の昼に電気屋の人がやってきて、電話線のあたりで工事をした。電気屋が帰ってから、父親が居間に置いてあったパソコンにＬＡＮケーブルを差した。いろいろと設定をいじり、紙に書いたメモを見ながらユーザー名とパスワードを入力した。最後に「接続」と書かれたボタンをクリックした。ダイヤル音のあと、「ピー……ヒョロヒョロ」という音が聞こえて、音が止んでからインターネットが繋がった。父がYahoo! のリンクを打ちこんで、「五分だけ触っていいぞ」と許可してくれた。

僕は多くの場合、自分が知りたいから小説を書く。初めて氷を見たときにどんな気持ちになったのか、自分なりに考えてみたい。だからこそ、氷の話を書こうと決めた。僕の家のインターネットが繋がった日、という記憶を頼りに。

仕事机の前で、僕は目を瞑《つむ》った。頭の中には、まだ一文字も書かれていない短編小説の冒頭シーンだけが存在していた。まだ冷蔵庫が存在しなかった遠い昔の話だ。舞台はカリブ海沿岸の港町。その港町は熱帯地域で、十二月でも気温が二十度を下回ることはない。季節といえば雨季と乾季があるだけで、冬の寒さなども存在しない。主人公はその町で生まれ育った少年だ。彼は氷というものを知らずに育っていた。

一八〇五年の夏のある日、港町にアメリカからクリッパー船がやってきて、交易用の商品を積み下ろしていた。少年は商船が運んでくる世界各国の珍品を眺めるのが好きで、船がやってくるとかならず桟橋まで近づいた。小麦がいっぱいに詰まった布袋や、鉱石の入った木箱を下ろしてから、港湾労働者がおがくずのついた巨大な、光り輝く透明な立方体の塊を運んでくる。

氷だ。

クリッパー船から船長のフレデリック・テューダーが降りてくる。若い男だ。巻き髪を額に張りつけ、カリブ海の強い日差しに目を細めている。テューダーは氷の前に立ち、大きく息を吸いこんで、ゆっくりと吐きだす。氷を覆った断熱用のおがくずから、うっすらと湯気のような煙が立っている。

近くにやってきた主人公の少年は、テューダーに「これは何？」と聞く。テューダーは「氷だ」と答える。少年はその言葉だけ知っている。日曜学校の先生から教えてもらったからだ。海の向こうの、ずっとずっと先の寒い場所にある、冷たくて透明な石。

少年は「触ってもいい？」と聞く。テューダーがにっこりと微笑んでうなずく。少年はダイヤモンドに触れるみたいに右手を伸ばす。夜の海よりもずっと冷たい感触に、思わず神への祈りの言葉を口にする。

それなりに引きのある冒頭シーンだと思う。だが問題なのは、この話がどう転がっていくのかが見えてこないことだった。だから困っていた。

テューダーのもとで働きはじめた少年は、クリッパー船に乗りこんで、貿易の仕事を手伝うようになる。何度目かの航海で、少年は初めて冬を知る。ボストンで氷を積みこんで、船底の暗室に運びこむ。そのとき少年は氷の横に、市場で買った食べかけのボールドウィン種のリンゴをこっそり置く。あまりにも美味しかったので、妹にもわけてやろうと考えたのだった。そうして少年はカリブ海へと戻ってくる。急いで家に帰り、待っていた妹にリンゴを食べさせる。妹がとても喜んで、お母さんにも食べさせたいと口にする。少年は「これは商売になる」と考え、テューダーに「氷と一緒に果物を運ぼう」と提案する。テューダーは少年の提案に乗る。

やがて少年は青年になり、自分の船を持つ。五大湖で獲れた魚を輸入し、ニューイングランド産の牛肉を輸入する。カリブ海沿岸の人々は、これまで口にしたことのない食べ物を知って興奮する。

そんな展開を考える。悪くない話だが、それだけでは小説にはならない。起承転結で言えば

「起」と「承」だけで、「転」と「結」がない。僕は「転」にあたる何かを考えなければならなくて、それがわからずに何日間も頭を抱えていた。

知らない番号から電話がかかってきたのは、そんなときだった。正午をまわったところで、僕は自宅の仕事机の前で、資料として集めた当時の貿易船の設計図を眺めたり、冷凍庫から取りだした氷を手のひらに乗せたりしていた。この小説には、もう一つ鍵となる何かが必要で、それがわからなくて僕は試行錯誤を繰り返していた。

僕に電話をしてきたのは新潮社の社員で、「山本周五郎賞の最終候補に残った」と告げた——というわけではなかった。

電話をしてきたのはクレジットカード会社だった。

カード会社の女性は僕の名前を確認してから、「一昨日、アメリカのデパートで二十三万円の買い物をしましたか？」と聞いてきた。

何時間もずっとカリブ海とボストンについて考えていた僕は、一瞬そのことを聞かれているのかと混乱してから「いいえ」と答えた。ここしばらくアメリカには行っていなかったし、二十三万円の買い物をした記憶もなかった。

「一昨日、アメリカの映画館で映画を観ましたか？」

「いいえ」

なんのことかわからないまま、僕はそう答えた。

「映画館でポップコーンを買いましたか？」

「いいえ」

「その後、マクドナルドで食事をしましたか？」

「いいえ」

「オランダの有料チャンネルを利用しましたか？」

「いいえ」

その後も「いいえ」「いいえ」「いいえ」「いいえ」と、僕はひたすら「いいえ」と答え続けた。アメリカにいる僕の知らない人間が、まるで給料日後のように羽目を外して遊んでいる様子を聞かされた。なんのことなのか、いまいちピンとこない。

電話口の女性は最後に「小川さまのクレジットカードが不正利用されているので、取引を停止して再発行の手続きに入りますが、よろしいでしょうか？」と聞いてきた。

僕はそこでようやく事態を理解して、「はい」と口にした。そう口にしてから、面倒なことになるぞ、と気づいた。ただでさえ短編小説をどうするかで頭が一杯だったのに、クレジットカードの再発行をしなければならない。当時の僕はクレジットカードを一枚しか持っていなかったので、再発行が完了しなければさまざまな引き落としに問題が生じてしまう。

さらに不運なことに、クレジットカードは銀行のキャッシュカードと一体化していた。誰かがアメリカのデパートや映画館で散財したお金は僕が支払わなくてよかったものの、カードを再発行するまで、クレジットカードばかりかキャッシュカードも使えないという事態に陥った。カードが再発行されるまで、通帳と印鑑を持って銀行の窓口へ行かない限り、現金を引き出すことができないのだ。

再発行の手続き自体も、クレジットカードとキャッシュカードが一体化していたせいで、ずいぶんややこしい手順を踏む必要があった。

再発行のためには銀行での手続きが必要だ、と言われて銀行に電話すると、先にカード会社で行わなければならない手続きがあるようで、それが済んでからもう一度かけ直せと言われた。すぐにカード会社に電話したら何十分も待たされた挙句、「部署が違う」と言われた。

そうして僕は何時間にもわたってたらい回しにされた。たらい回しの辛い点は、電話の度に担当者が変わるので、何度も同じ話をしなければならないところだ。僕は不正利用をされた経緯を、何回も繰り返し説明した。知らないアメリカ人が僕のカードの情報を勝手に使って、アメリカのデパートで豪遊して、そのあと映画館へ行ってマクドナルドで食事をした。そんな話を何度もした。

長い説明が終わったあとに、「担当者が後ほどかけ直します」と言われたこともあった。そしてその「後ほど」の電話がかかってきたときには別の誰かと通話しているので、その電話をまたかけ直さなければならない。一つの通話が終わると、順々に別の電話にかけ返す必要があった。

そのうちの一つは、「再発行の手続きを銀行側で行うかカード会社側で行うか決めてくれないと手続きが進まない（なおどちらにせよ印鑑を持って銀行の窓口に行け）」という、この世でもっともどうでもいい二択に関する電話だった。また、別の電話では、僕が「いいえ」と答えた「オランダの有料チャンネル」が実は僕が普通に利用していた「ＤＡＺＮ」だったことが判明し（どうして「オランダ」認定されたのかは未だに不明だ）、僕の不正利用認定そのものが不正だったのではないか、という説が生じた。僕は自分が不正利用などしていないこと、自分が被害者であることを各所に説明しなければならなかった。

最後に残った知らない番号にかけ直しながら、「ああ、今度はいったいどんな電話なのだろうか」とため息をついた。ケイマン諸島のペーパーカンパニーが僕のクレジットカードで暗殺者に報酬でも支払ったのだろうか。それとも、フィリピンの麻薬取引に僕のクレジットカードが使われ、知らぬ間に死刑判決が下されたのだろうか。どちらにせよ、懸念の短編小説を今日中に解決することはできそうもない。

そのとき、電話口から「はい、週刊新潮編集部です」という声が聞こえた。

びっくりして電話を切りかけた。カード会社、銀行、カード会社のお客様センター、個別受付センター、利用停止専用回線など、短い間に実にさまざまなところと電話をしてきたが、「週刊新潮編集部」は予測していなかった。まったくもって意味がわからない。僕は芸能人と不倫もしていないし、六本木のクラブで覚醒剤を購入しているわけでもない。前月の家賃を振り込み忘れて大家から怒られたことを思い浮かべたが、『週刊新潮』がそんなことを記事にするはずもない。

仕方なく、「小川という者なのですが、先ほどそちらから電話があったので折り返しました」と伝えた。それ以外に、何を言えばいいのだろう。

「どちらの小川さまですか？」

電話を取った女性はそう聞いてきた。いくらか困惑しているようだった。僕に対して『週刊新潮』から電話がかかってくることの意味がわからないことと同様に、『週刊新潮』サイドも僕から電話がかかってくることの意味がわからないようだった。

どちらの小川さまですか——非常に難しい問いかけだった。僕はどちらの小川なのだろうか。

少し悩んでから、結局「わかりません」と答えた。

「どういう用件が想定されますか？」

「まったくわかりません」

「少々お待ちください」と言われ、しばらく保留になってから「他の者に聞いてみたのですが、誰がかけたのかわかりませんでした」と言われた。

電話を切ると、疲れがどっと押し寄せてきた。

再発行までクレジットカードが使えなかった。アマゾンも、ネットフリックスも使えないのだ。キャッシュカードも使えないので、通帳と印鑑がないとお金を下ろせないし、銀行の営業時間外はそもそも引き出せない。再発行の手続きを開始するために、銀行の窓口へ行かないといけない。

その上で、カード会社に連絡しなければならない。再発行後も、引き落とし関係のカード情報をすべて書き換えないといけない。

　暗殺者に金が渡り、どこかの国で死刑判決を食らっているかもしれない。原稿は一切進んでいないというのに、『週刊新潮』からは意味不明な電話がかかってきて「どちらの小川か」という哲学的難題を出される。

　僕はどちらの小川だろうか。

　そもそも僕は、何者なのだろうか。


　僕は三月に塾講師のアルバイトを辞め、休学中だった大学院に退学届を出したばかりだった。前年に二作目の小説を出し、それなりに反響もあって、処理しきれない量の仕事の依頼も受けていた。年内に連載を開始する予定もあったし、いくらか貯蓄もあった。誰かが未来を保証してくれていたわけではなかったけれど、数年間ならなんとかなりそうだ。その間は小説に専念しよう。その後のことはそのときに考えよう。そんな気持ちで専業作家になることを決断した。

　専業作家になる上で、僕が一番困惑したのは、誰かに頼まれて小説を書く、という行為そのものにあった。それまで僕は、誰かに頼まれて小説を書いたことはなかった。

　二作目の小説は、たしかに早川書房の担当者から「書きましょう」と言われて書いたものだったし、担当はまとまった量の僕の作品を読むたびに熱心な感想を送ってきてくれていたけれど、刊行予定日が決まるまでは明確な締め切りもなく、「書けたら送る」という感じだった。僕もどちらかというと勝手に書いているというか、好きで書いている感じに近かった。僕にとって文章とは、そうやって誰にも頼まれず、一人で勝手に書くものだと思っていた。

デビュー作を書いたときもそうだった。誰かに頼まれたわけでもなかったし、誰かに読んでもらいたかったわけでもない。当時僕には何年か付き合っていた女の子がいて、今から自分はどこかの会社に就職してその子と結婚するのだと考えた途端に、なんだか急に怖くなった。自分の人生がナイフになって、僕の体を刺しているようだった。僕は血を流しながら、無我夢中で小説を書いた。そうすることで、自分自身を救済しようとした。

だからこそ、二作目を発表してから、自分の仕事のリズムがすっかり変わってしまったことに戸惑った。

仕事を依頼され、引き受ける。約束した期限までに作品を提出する。

自分がとんでもない詐欺をしているような気分だった。仕事を引き受けた時点で、何を書くかはまったく決まっていない。編集者から空き地を渡されて、僕は設計図もないまま「今月中に何か建てます」と約束する。そして実際に「何か」を建築する。そんな作業を繰り返してお金を稼ぐ。僕は編集者に対して、何を約束しているのだろう——そんなことを考えたりもした。

夕方になっていた。

僕はシャワーを浴びてから、シャワー中に不在着信があったカード会社に折り返しの電話をした。電話を終えてから、仕事机の前に座った。カード会社への連絡が一段落し、ようやく仕事の続きをすることができる。

僕は構想中の短編小説に「熱い氷」というタイトルをつけることにした。何を書くべきか決まっていないのに、外側ばかりが決まっていく。

「熱い氷」というタイトルは、スチュアート・ダイベックというアメリカ人作家の作品からとった。凍りついた女性の死体をめぐる、二人組の若い男の話だ。僕はこの小説が好きだった。短編だったが、この作品は僕が小説に求めるすべての要素を含んでいた——つまり、どこかから逃げる話であり、どこかへ向かう話であり、懐かしさと愛と、手に入れることのできなかった過去の話だった。そしてそれらを結ぶのが「氷」だった。「氷」は女性の死体であり、その死体が隠されているという貯氷庫であり、子どものころに初めて見たドライアイスであり、凍てつく冬のシカゴだった。

僕の短編、「熱い氷」の主人公の少年は、ダイベックの作品と同じエディという名前にすることに決めた。

この小説の鍵はきっと「氷」にある。エディが初めて氷を見た場面から始まるのであれば、成長したエディが再び「氷」を見る場面で終わるだろう。エディはそのとき何を考え、何を感じるのだろうか。

そんなことを考えていたとき、再度電話がかかってきた。

僕は思わず舌打ちをした。

しばらく、無視してやろうかと思った。好き勝手にカードを使って、かと思ったら好き勝手に電話してきて、何度も何度も同じ説明をさせて、挙句の果てには『週刊新潮』だ。せっかく仕事に戻ることができそうだったのに、今度はなんだ。カード会社の聞いたことのない部署か？『週刊文春』か？　僕にイタズラ電話をするのが流行っているのか？

結局、僕は電話をとった。

「もしもし」

「新潮社の大庭《おおば》です」と電話の向こうから聞こえた。

大庭さんは当時の担当で、これだけ数多くの電話をしておきながら、その日初めて知っている人から電話がかかってきたのだった。大庭さんは僕の二作目の小説が新潮文芸振興会が主催する山本周五郎賞の最終候補に残ったことを教えてくれた。

僕は、さっき週刊新潮編集部から電話があったことを告げた。大庭さんは「ああ、すみません」と謝ってきた。新潮社の社内から電話をかけると、ランダムな部署から発信してしまうというバグがあるらしい。そのバグのせいで、僕は自分のアイデンティティについて考えさせられてしまったのだった。

僕はもう一度仕事に戻ろうとしたけれど、なかなか集中できなかった。山本周五郎賞の最終候補に選ばれたという連絡を受けたせいだ。他の候補は誰なのだろうかと考えたり、過去の受賞者と受賞作を眺めて、自分が彼らに続くことができるのだろうかと考えたりした。感覚としては、試験を受けたあとに結果を待っている状態に近い。だが、試験であれば自分なりの手応えとか、明確な合格基準とかがあったりするわけで、ああでもない、こうでもないと思案する際の手がかりみたいなものがある。文学賞は小説同士を比べるという、かなり主観的なものである以上、手がかりも基準もわからない。どれだけ考えてみても、真っ暗な夜の海で溺れているような感覚を抱いてしまう。

考えても無駄だ、と僕は思う。僕が何を考え、何をしたところで、賞の選考には影響などない。僕は、自分でコントロールできないことに人生を費やすのが嫌いだった。他人の感情に思い悩んだり、理不尽なシステムに傷つけられたりするのが嫌で、だからこそこうやって一人で小説を書いて生活している。今の自分にできることは、締め切りの迫った短編小説の構想を固めることだけだ。

頭ではわかっているが、心は従ってくれない。意味がないとわかっているのに、賞のことを考えてしまう。そもそも——と僕は考える。他人に与えられた権威に一喜一憂しているような者に、小説家を名乗る資格などない。小説家の仕事は面白い小説を書くことで、誰かに認めてもらったり、賞を与えてもらったりすることではない。

そんなことを当て所《あど》なく考えている最中に、僕の耳元で「どちらの小川さまですか？」という声が聞こえた。

僕は小説家なのだろうか。小説家の小川なのだろうか。

自分のことを「小説家」と名乗ったり、誰かから「小説家」と紹介されたりすると、どこか居心地の悪い気分になることがあった。嫌というわけではない。小説家よりももっと適切な肩書きがあるのかと聞かれれば、たぶんそんなものは存在しないとも思っている。実際に僕は小説を書いて生計を立てているわけで、職業を聞かれたら「小説家」としか答えようがない（僕は場面に応じて、「作家」や「ＳＦ作家」という肩書きも使うけれど、どちらにせよ同じことだ）。でも、僕はそれらの肩書きに納得していなかった。もっと言うと、自分が本当に小説家なのかどうかを疑っていた。

たとえば高校生とか大学生という身分は明確に定義ができる。入学式があって、通うべき校舎があって、身分を保証してくれる先生がいる。高校生のとき、自分のことを高校生だと考えて居心地の悪い思いをしたことはないし、自分が本当に高校生なのか疑ったこともない。たぶんきっと、警察官とか会社員とか医師とか看護師とかも同じことで、僕のような気分になる人はあまりいないと思う。それらの職業には明確な基準がある。「警察官」という家があって、受付を済ませてから玄関の扉を開け、その家に入る。

「小説家」という名前のくせに、「小説家」の家は存在しない。「小説家」はむしろ、どの家に入ることもできず、道端でうろうろしている人たちの集合だ。小説家に入社式はないし、資格試験があるわけでもない。もちろん誰かが小説家であることを保証してくれるわけでもない。「ではあなたには何ができるのか」と聞かれたら、「文章が書ける」と答えるしかない。音楽家のように楽器を演奏できるわけでもないし、画家のように絵が描けるわけでもない。「文章なんて誰にでも書けるじゃないですか」と言われたら、「その通りです」とうなずくしかない。

僕の友人の中にも、自分が小説家かどうかきわめて微妙だと考えている人がいて、職業を聞かれたとき、恥ずかしそうに「小説家みたいなことをしています」と答えていたりした。

小説家とは何か。人によってそれぞれ小説家の定義は違っていると思うし、それらの定義のどれが正しいのかを決める人もいない。昼間にどんな仕事をしていたとしても、夜に趣味で小説を書いていれば、それも小説家だと言えるだろう。もうちょっと厳しい基準で、どこかの商業誌に自分の小説が掲載されたことがある者、という人もいるだろう。単著を出していなければ小説家と名乗ってはいけない、という定義もあるかもしれない。さらに狭い意味で、小説で生計を立てていないと小説家を名乗る資格はない、という考えも存在するだろう。

僕自身はどれも立派な小説家だと思っていた。明確な定義がない以上、自分が小説家かどうかを決めるのは自分自身だと考えているからだ。だからこそ、小説家と名乗ることに躊躇《ためら》いが生まれたのかもしれない。

不思議なことに、デビューしてすぐのころはそんなことを考えなかった。「小説家」と名乗ることに戸惑いなどなかったし、むしろ胸を張って「小説家です」と答えていた。居心地の悪さのようなものを感じはじめたのがいつからか、正確に思い出すことはできないけれど、明確に意識したのはその日が初めてだった。

午前中、短編のことを必死に考えていた頭で、昼過ぎからクレジットカードのことを考え続けた。そして今、僕は自分が誰なのかを考えている。

僕は意地になって、短編のことを考えようとした。今日のうちに短編の仕事が先に進まなければ、僕は文学賞に敗北したことになる、そんなことまで考えた。僕のクレジットカードを不正利用した人間や、山本周五郎賞の最終候補を決めた人たちに、僕の仕事を邪魔させない。

僕はエディの気持ちになる。何ヶ月も船旅をして、新しい土地に降りたち、見たこともない景色に圧倒される。

目を瞑り、カリブ海の港町を思い浮かべる。熱のこもった空気を吸い、湿った土の匂いを嗅ぐ。冬のボストンの、冷たくて乾いた空気と、どこまでもまっすぐ延びる石畳の道を思い浮かべる。そこに映画館とマクドナルドができて、アメリカ人が僕のクレジットカードを使って豪遊している。その隣には山本周五郎が座っている。違う。あなたたちではない、と僕は必死になって彼らを頭から追い出す。エディが巡ったボンベイの港を、セイロンの市場を、リスボンの旧市街を思い浮かべる。

そのとき唐突に、僕の頭の中ですべての要素が重なり合った。

僕は生まれて初めて氷に触れた少年の話を書こうとしていた。少年は氷に触れたことで、カリブ海の向こうにも世界があることを知った。そうして少年は船乗りになった。

その話が、僕のクレジットカードを使って豪遊しているアメリカ人と繋がった。僕の知らない場所に、僕の知らない人がいる。そいつは犯罪者なのだが、犯罪者であっても、どこかで息をして、デパートで二十三万円の買い物をして、映画館でポップコーンを食べていることに違いはない。

小説を書けば書くほど、小説がわからなくなっていくような気分になることがある。小説にはさまざまな可能性があって、僕にはその可能性のすべてを掬《すく》いとることができない。しかし、小説を書いてみなければ、小説の可能性に気づくこともない。小説を書くということは、僕の知らない、僕には届きようのない小説が無数に存在することを知るということでもある。

僕が、自分のことを「小説家だ」と言うことに後ろめたさのようなものを感じていたのは、小説のことがよくわからないからだ。自分でもよくわからないものを職業として名乗ることに、抵抗があったからだ。昔の小説家が、照れ隠しで自分のことを「売文家」と呼んでいたことを知っているが、僕にはその気持ちがよくわかる。「自分で書いた文章を売る」という行為は客観的で、疑いようのない事実だからだ。

「小説家」は僕が自分で選んだ道だ。誰かに強制されたわけでもないし、誰かが望んだことでもない。僕が僕のためにやっていることだ。

僕は「熱い氷」をその日のうちに書きはじめた。

「熱い氷」はエディの話でありつつ、僕の話でもあった。新しい国にやってきたエディの感動は、小説を書く僕の感動でもある。

僕はそのシーンを、初めてインターネットが繋がった日のことを思い出しながら書く。リンクを押すと画面が遷移する。そこには新しいページがあって、僕の知らない情報が書かれている。さまざまなリンクの先に、無限に広がる世界が待っている。僕は思わず「すごい」と口にする。夢中になっていろんな場所をクリックしているうちに、父から「時間だ」と言われる。

インターネットでもいいし、新幹線でもいいし、ディズニーランドでも、一蘭のラーメンでもいい。僕たちは日々、これまで知らなかったものに触れる。それらは多かれ少なかれ、僕たちの人生を変える。まだまだ、世界には自分の知らないことが数多く存在するのだと教えてくれる。「氷」とはすなわち文明であり、宝石であり、奇跡であり、神だったのではないか――僕はそんなことを考える。

エディは世界に触れることで、世界の広さを知る。自分には知らないことが数多くあるのだということを知る。それこそが「転」だ。

エディは最後、生まれ育ったカリブ海の港町に帰ってくる。船からおがくずに包まれた氷を運びだす。エディは氷に触れ、妹にリンゴを与えた日のことや、船乗りとして世界中を旅した日々を思い出す。そして最後に、神への祈りの言葉をつぶやく――冒頭シーンの文章を書きながら、そんなことを夢想する。

僕はラップトップに向かって文章を書きはじめる。

初出一覧

プロローグ　「小説新潮」二〇二二年一月号
三月十日　「小説新潮」二〇一九年七月号
小説家の鏡　「小説新潮」二〇二一年一月号
君が手にするはずだった黄金について　「小説新潮」二〇二一年七月号
偽物　書き下ろし
受賞エッセイ　「小説新潮」二〇二二年七月号

カバー　Art works by takeru amano

小川哲
（おがわ・さとし）

1986年、千葉県生まれ。東京大学大学院総合文化研究科博士課程退学。2015年、「ユートロニカのこちら側」で第３回ハヤカワＳＦコンテスト〈大賞〉を受賞しデビュー。2017年刊行の『ゲームの王国』で第31回山本周五郎賞、第38回日本ＳＦ大賞を受賞。2019年刊行の短篇集『嘘と正典』は第162回直木三十五賞候補となった。2022年刊行の『地図と拳』で第13回山田風太郎賞、第168回直木三十五賞を受賞。同年刊行の『君のクイズ』は第76回日本推理作家協会賞〈長編および連作短編集部門〉を受賞している。

君《きみ》が手《て》にするはずだった黄金《おうごん》について

発　行　2023年10月20日
3　刷　2024年 2 月 5 日
著　者　小川哲《おがわさとし》
発行者　佐藤隆信
発行所　株式会社新潮社
〒162-8711　東京都新宿区矢来町71
電話　編集部　03-3266-5411
読者係　03-3266-5111
https://www.shinchosha.co.jp
装　幀　新潮社装幀室
印刷所　大日本印刷株式会社
製本所　加藤製本株式会社

ISBN 978-4-10-355311-3 C0093

街とその不確かな壁　村上春樹

高い壁で囲まれた「謎めいた街」。村上春樹が長く封印してきた「物語」の扉が、いま開かれる——。魂を深く静かに揺さぶる村上文学の新しき結晶、一二〇〇枚！

春のこわいもの　川上未映子

こんなにも世界が変ってしまう前に、わたしたちが必死で夢みていたものは——。感染症が爆発的流行を起こす直前、東京で六人の男女が体験する甘美極まる地獄巡り。

荒地の家族　佐藤厚志

あの災厄から十年余り。妻を喪い、仕事道具もさらわれた男はその地を彷徨い続けた。仙台在住の書店員作家が描く、止むことのない渇きと痛み。第１６８回芥川賞受賞作。

しろがねの葉　千早茜

戦国末期、シルバーラッシュに沸く石見銀山。孤児の少女ウメが、欲望と死に抗って生き抜こうとする姿を官能の薫りと共に描き上げた、著者初にして渾身の大河長篇！

天路の旅人　沢木耕太郎

第二次大戦末期、中国大陸の奥深くまで「密偵」として潜入した一人の若者がいた。そんな彼の果てしない旅と驚くべき人生を描く、著者史上最長のノンフィクション。

ぼくはあと何回、満月を見るだろう　坂本龍一

自らに残された時間を悟り、教授は語り始めた。創作や社会運動を支える哲学、家族に対する想い、そして自分が去ったのちの未来について。世界的音楽家による最後の言葉。